JOHANNES MØLLEHAVE

H.C. ANDERSENS SALT

om humoren i H.C. Andersens eventyr

アンデルセンの塩

物語に隠された
ユーモアとは

ヨハネス・ミュレヘーヴェ
大塚絢子❖訳
今村渚❖編集協力

新評論

ホルガー・ダンスクが眠るクロンボー城

人魚姫像

アンデルセン像

アンデルセン幼少時代の家

アンデルセンが住んでいたニューハウン

オーデンセの街並

デンマークのアンデルセン関連地図

ヘルシンオア
Helsingør

コペンハーゲン
Copenhagen

オーデンセ
Odense

アンデルセン野外劇

フォーボー
Faaborg

『恋人たち』の舞台

アンデルセンが洗礼を受けた聖クヌード教会

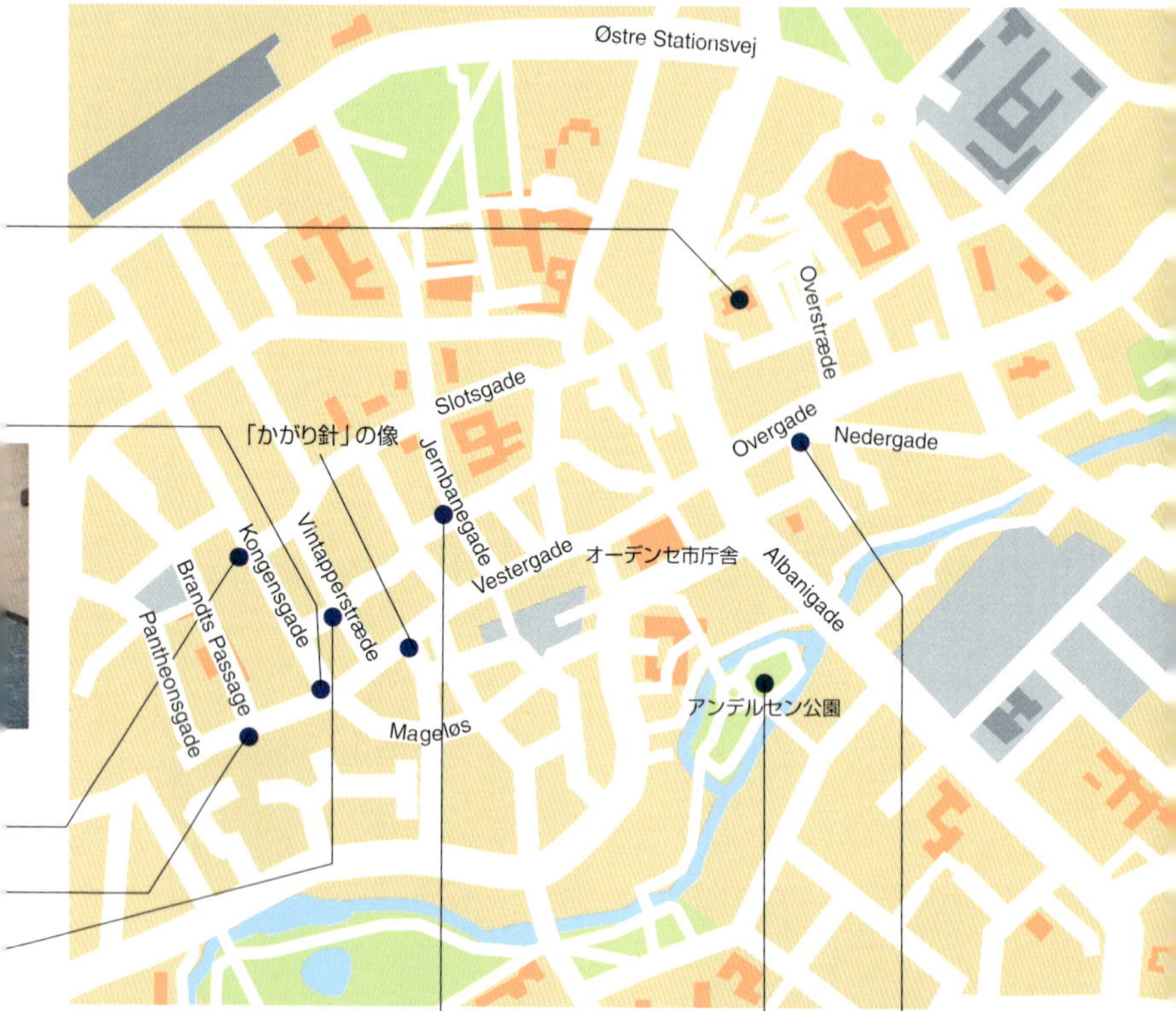

「空飛ぶトランク」の像

「しっかり者のすずの兵隊さん」の紙の舟の像

「しっかり者のすずの兵隊さん」の像

「ヒツジ飼いの娘とエントツ掃除屋さん」の像

アンデルセンの生家（上）とそこへの道標（右下）

オーデンセの アンデルセン関連地図

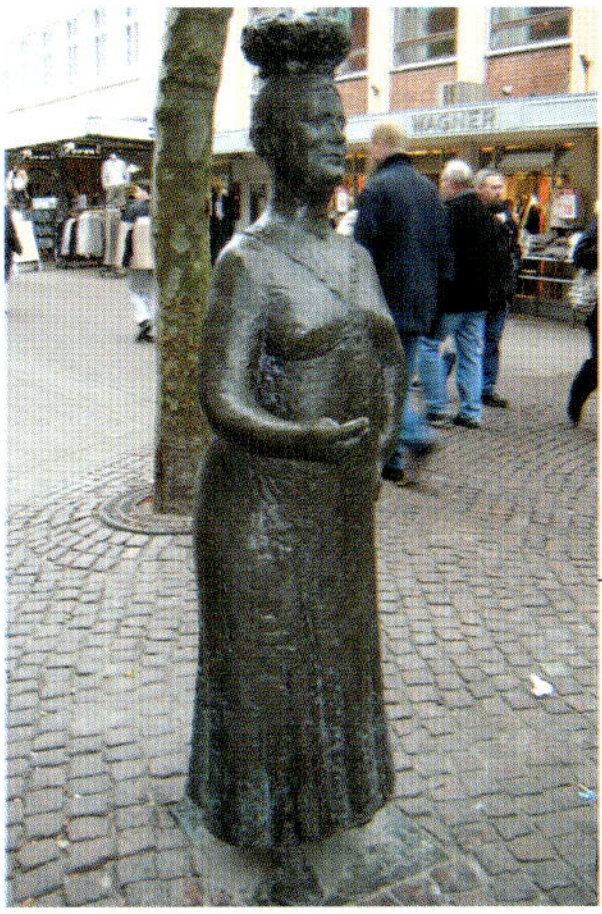

「たまごをもった奥さん」の像

「はだかの王様」の像

「ヒキガエル」の像

アンデルセンの塩――目次

ハンス・クリスチャン・アンデルセン
Hans Christian Andersen

訳者まえがき

二〇〇五年四月二日から一二月六日まで、デンマークを中心に世界各地で「アンデルセン生誕二〇〇周年記念イベント」が開催されます。このイベントの目的は、デンマークが、そして世界が誇る偉大な作家アンデルセンをより多くの人に知ってもらうことです。四月二日は彼がこの世に生を受けた日で、一二月六日は故郷オーデンセ（Odense）が名誉市民として彼の帰省を迎えた日です。開会式と閉会式はテレビの実況中継を通して世界中の何百万、何千万人の視聴者に届けられます。

本書も、このイベントを推奨することを目的として日本で出版されることになりました。本書の著者であるヨハネス・ミュレヘーヴェ氏は、デンマークで大変有名な作家、牧師であり、彼の講演会にはいつも多くの人々がつめかけます。そして、何といっても、アンデルセン分析に関しては高い評価を得ている人でもあります。彼はこの本で、「どうしてアンデルセンの物語は、何年もの時代を経た今なお多くの人に受け入れられているのか」ということに焦点をあててアンデルセンの数々の物語を分析しています。時代が流れていくなかで、人々の考え方や趣向が変わっていくのは当然のことです。にもかかわらず、アンデルセンの物語がいまだに多くの人に親しまれているのには何か秘密があるはずです。そして、その秘密を明らかにしたのがこの本なのです。

著者の斬新な視点と鋭い分析を通して「アンデルセンの物語」を読んでいくと、それまで気づかなかったことに目を留めることになります。アンデルセンは、自身の日記を物語に反映させていました。ですから、彼が書いた物語は彼自身を映し出す鏡でもあったのです。物語には、どうしようもない喜びや悲しみ、世の中のすばらしさやせちがらさ、人間の純粋さやいやらしさなど、「本当の人間」や「世の中」が躊躇なく描かれています。そのため、読者である私たちも物語に自分自身を映し出すことができるのです。つまり、「アンデルセンの物語」を読むことは決して子どもだけの楽しみではないということです。人生のうれしさや辛さを経験してきた大人の私たちが改めてアンデルセンの物語を読んでみると、思わず引き込まれてしまうはずです。

本書には、みなさんにとって馴染み深い『人魚姫』、『みにくいアヒルの子』、『マッチ売りの少女』、『親指姫』、『はだかの王様』以外の物語もたくさん出てきます。どれも、とてもおもしろいお話ばかりです。これをきっかけに、今まで読んだことのなかった物語もぜひ読んでみてください。改めて、アンデルセンの魅力に気づかされるはずです。

生涯で二九回にもわたる外国旅行をしたアンデルセンですが、彼ほど母国を愛した作家はいないと言われていますし、彼の物語は、戦争が続くデンマークにおいて国民に生きる希望を与えました。愛国心を詩に表した『わが祖国、デンマーク』も有名です。なぜ、アンデルセンがそれほどまでにデンマークを愛したのか、実際に足を運んでその魅力を探ってみるのもいいかもしれません。

また、「自分が特別だ」とか、「自分には関係がない」ととらえがちな私たちに、何か忘れていた大切なことを思い出させてくれるアンデルセンの物語が、この争いの絶えない世の中で自分を見直すきっかけとなり、身近な幸せを素直に感じられるようになればと願っています。

なお本書は、原書 “H. C. Andersens salt-om humoren i H. C. Andersens eventyr, 1985” の全三〇話のうちの一五話の抄訳です。また原書は、デンマーク文化を共有するデンマーク人向けに書かれたものなので、邦訳出版の編集段階で日本人にも読みやすくなるように文章の組み替えや脚注の付記、そして原書にはなかった写真などを掲載し、巻末には「アンデルセン関連年表」を新たに作成してより臨場感のあるものに仕上げるよう努めました。

本書が、みなさんと「アンデルセン」および「アンデルセンの物語」、そして「デンマーク」との架け橋になることを願っています。

アンデルセンの塩——物語に隠されたユーモアとは

1 塩と水

アンデルセンの日記と物語を夏に再読して

「私の物語におけるユーモアとは、料理にひと味加える『塩』のようなものだ」

この言葉は、アンデルセン自身が自らの作品について述べたものです。一体、どういう意味なのでしょうか。

通常、私たちは何かを表現するときには、比喩をすることでそのイメージを浮かび上がらせます。たとえば、「彼は強い」ということを、「彼はライオンのように強い」とか「クマのように強い」、あるいは「雄牛のように強い」という言い方によって表します。しかし、アンデルセンは、比喩以外の手法を使ってイメージを浮かび上がらせていました。

ところで、一体、アンデルセンはなぜ「ユーモア」が「塩」のようだと言っているのでしょうか。たとえば、「塩漬け」という調理方法がありますが、これには食物を腐敗や色あせから守り、長持ちさせる効果があります。「塩」と「ユーモア」は、「食生活の知恵」と「皮肉」というようにまったく違ったものですが、人間が生活するうえにおいてどちらも重要な存在であることに変わりはありません。つまり、アンデルセンのいう「ユーモア」とは、彼自身の作品をいまだ色あせることなく鮮やかに残している大事な要素だということです。彼が書いた多くの作品は、何年経っても特別な印象を与えます。それほど、彼の文体や語調は独自の特色を保っています。

　これは、アンデルセンについて語るときによく言われることですが、彼が最初に描きたかったのはロマン小説であって、物語ではありませんでした。つまり、アンデルセンは、時代の流れに合わせて物語作家となったのです。というのも、当時は、素敵な奇跡が起きるおとぎ話やロマンチックな詩が求められていたからです。それは、ドイツのヘルダー[1]をはじめ、グリム兄弟[2]やエーレンスレーヤー[3]が支持されていたことからもわかります。

　時というものは、絶えず流れていくものです。そして、その長い時の流れのなかで人々の考え方や感性も変わっていきます。そのため、多くの文学作品が私たち現代人に理解されにくくなっているなか、アンデルセンの物語は今なおさまざまな媒体で取り上げられ、鮮やかな印象を与えてくれるのです。

　では、なぜアンデルセンの作品は時代を越えて人々に受け入れられているのでしょうか。私は、彼の表現する「知恵」と「オリジナリティ」にその理由《わけ》があると感じています。初めにお話ししたことを思い出してください。アンデルセンは自分が書いた物語に「塩」を入れたのです。ユーモアとは塩であり、それは物語にいつまでも新鮮さを残すのです。

（1）Johann Gottfried Herder（1744～1803）ドイツの哲学者・文学者。カントの理性主義に反対して、文芸や思想の源は民族・歴史・風土を基盤とする人間の自由な創造精神にあるとし、特に言語と詩について深い考察を示した。

私たちは普段スープに味付けをするとき、塩を手につまんでお鍋に入れます。そのとき私たちは、どのくらいの塩をつまんだのかを知っているわけですが、いったんスープに入れてしまうと塩は溶けて見えなくなってしまいます。その塩は、一体スープのどこに存在しているのでしょう。それを味として感じることはできますが、見つけることはできません。どこにも見当たりませんが、まちがいなくスープのなかに溶けて存在しているのです。塩はミートボールのようにも浮かず、すべてに溶け込んでしまっています。そして、これと同じことがユーモアにも言えるのです。まさに、物語のなかのユーモアも、スープのなかの塩と同じ役割を果たしているのです。

彼のユーモアは、さまざまな動物や人間、モノとのやりとりのなかに見ることができます。しかしその多くは、直接言葉で表現されていないところにあります。話の冒頭に出てくることもあれば結末に出てくることもあり、物語全般にわたって出てくることもあれば一部にしか出てこないこともあります。よって、私たちがそれを的確に見つけることは困難となります。つまり、ユーモアとはスープに混ざった塩のように簡単には見つけられないものなのです。さらに、ちょっとでも量を間違えると瞬く間にユーモアとして成り立たなくなってしまうのです。

ここで、アンデルセンのユーモアを実際の物語のなかからいくつか紹介しましょう。

（2）兄：Jacob Grimm（1785～1863）、弟：Wilhelm Grimm（1786～1859）ドイツの言語学者、文献学者、文学者。ドイツの古い民話を収集し、『白雪姫』、『シンデレラ』を含む「グリム童話」を編集した。

「イライラしたくないのに、どうしてもイライラしてしまうんだ！」

このような経験は誰にでもあると思います。「もうイヤだ！　これ以上イライラするのはやめよう！」と思いながらもその気持ちは止まず、ついには頂点にまで達してしまうのです。では、この台詞をコガネムシが言ったとしたらどうでしょう。ただでさえ、周りが冷静なか、一人横柄な態度で興奮している者はおかしく映りますが、コガネムシがこのような態度をとったらなおさら滑稽に感じます。

お互いに姿を偽って話をする、かがり針とガラスボトルの破片の話もユニークです。あるかがり針が、排水溝にいる調理用のガラスボトルの破片に「あなたは、もしやダイヤモンドではないのですか？」と言いました。すると、ガラスボトルの破片は「あ、ええ。私はそのような大したものなんですよ！」と答えます。そして、一方はもう一方をとても高価なモノだと信じ、互いに世界がいかに傲慢であるかを話し合うのです。

あるカタツムリの結婚式で、花嫁のカタツムリが八日も遅れてきたという話も本当に笑えます。この物語での花嫁の描写のされ方は、見事としかいいようがありません。カタツムリが大邸宅での優雅な暮らしを想像して、感動に身を震わせて言った、「茹でられて、黒くなって、銀のお皿に盛られるなんて、なんて立派なことなんでしょう！」という言葉も滑稽な台詞です。自分は食べられる運命なのに、そのことに感動しているのですから。

しかし、私たちがいくら考えをめぐらせたところで、アンデルセンが意図した本当のユー

（3）Adam Gottlob Oehlenschläger（1779～1850）デンマークの詩人・劇作家。北欧ロマン主義の確立者。代表作は『北欧詩集』、戯曲『アラジン』など。

モアは簡単には理解できません。なぜなら、彼のユーモアは容易に見分けられるものではなく、構想、語調、シンボル、そして行動様式や核心のなかにあるからです。

水の表面だけにしか浮かんでいないユーモアは、無意味で些細なもので、読んでいる者をうんざりとさせます。しかし、底知れない深みをもつユーモアは、物語を思いも寄らぬ展開に導いたり、喜劇や悲劇を盛り上げたり、あるいはただの不運ではなくつくられた不運を生み出します。そして、水の表面に浮き上がることもできれば、底なし沼のような深いところまで近づくこともできるのです。

本当のユーモアとは、「水面」と「底」のバランスを自由自在に操れるものなのです。そして、彼のユーモアによってうまく味付けされたイメージは、光り輝いているのです。

夏に、アンデルセンの日記を読みました。アンデルセンは、毎日の出来事を事細かく日記に綴っていました。彼は日記に自身の姿を書き記すことによって、鏡のように自分自身を映し出していました。そして、その映し出した日記の内容を物語に反映させたのです。

しかし、実際の物語は日記とはずいぶん違う内容になっています。日記には、哀れな自分の姿ばかりを綴っていましたが、物語に映し出されている彼自身はと

アンデルセン博物館（H.C.Andersens Hus）アンデルセンの書斎を再現したもの
住所：Hans Jensens Stræde 37-45）

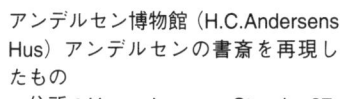

てもコミカルに描かれています。たとえば、上空の風上にいるうえ、無精卵しか産めず本物のめんどりより自分は醜い姿をしていると思い込んでいる風見鶏や、片側に車輪が一つしかないので、自分はでき損ないの客車だと思っている手押車、そして自分には若い女性の血が混ざっているので人間関係には慣れていると自慢しているノミなど、どれもその設定がおもしろいキャラクターばかりです。

彼はまた、これらの生活の周りに存在するすべてのものを映し出していただけではなく、しばしばすべてのものに映し出されてもいました。彼は、ヨーロッパ全土に、ほかの人々の視線に、多くの人の拍手や賞賛に、そして伯爵や家主、芸術家たちによって映し出されていたのです（一一ページを参照）。

では、聞き手である私たちはどうでしょう。そうです、私たちも彼の物語を聞くことによって自分の経験と物語の内容を結びつけているのです。つまり、私たちも彼の物語によって自己を映し出しているのです。うれしいことや悲しいこと、期待や怒り、裕福さと貧しさ、幸福と不幸、忘れてしまいがちな些細な出来事から歴史的な大イベントまで、すべてのことがアンデルセンの物語によってまるで水のごとく映し出されるのです。私たちは、何か別のものを通して初めて自身の本当の姿を見ることができるのです。「空は自身の姿を海に映し出すことはできても、自身の姿を空に映し出すことはできない」のです。

いずれにせよ、彼にとって日記は間違いなく物語を書くための生きた素材でした。そこに、

「ユーモア」という名の「塩」を入れることによって「アンデルセンの物語」が出来上がったのです。そして、その物語は、まさにすべてのものを映し出す「アンデルセンの水」なのです。

アンデルセンの最期は、母国デンマークとなりました。彼は二九回にもわたって外国を旅行しましたが、結局は、母国をもっとも愛していました。そして、数多くの旅行を通して彼は、デンマークという世界がいかに小さいものかということにも気づきました。

広い世界を見てきたアンデルセンがつくった作品は、小さな田舎だけを映し出す湖の水ではなく、私たちの気持ちを揺り動かすほど大きな世界の海なのです。そして、その世界の海は、「ユーモア」という塩をいっぱいに含んだ物語となっているのです。

2 耳を傾けてみましょう

アンデルセンの話を初めて知ったときのことを覚えていますか。自分で読んだというよりも、両親や大人に話し聞かせてもらったという人のほうが多いのではないでしょうか。そうです！　アンデルセンのお話は、まず聞くことから始まるのです。そして、それはアンデルセンが意図したことでもあるのです。今から一五〇年（一八二七年ごろ）ほど前、アンデルセンが初めて物語をつくって出版したのも、子どもたちに話し聞かせるためでした。彼は、字がまだそれほど読めない子どもには話して聞かせることが一番だと考えていました。

実際、物語のなかにも子どもたちに語りかけるような台詞がところどころに見られます。たとえば、『火打箱』に出てくる「見習いの靴職人は四シリングが欲しくて、火打箱を急いで持ってきて兵隊さんに渡しました。さぁ、よく聞いてね！」というところとか、『小クラウスと大クラウス』の「この二人は一体どうなってしまうのでしょう。この話は、本当にあったお話なんですよ！」などは、語り手が子どもたちに直接話しかける言葉になっています。

この二つの例のように、アンデルセンの物語は読むのではなく聞くものであるということ

（1）Jonas Collin（1776〜1861）アンデルセンを精神的・経済的に支えた人物。コリンの子ども達ともアンデルセンは深い交流をもっていた。

がわかります。そもそも、「聞く」という動作には二つの意味があります。一つは関心をもって注意深く耳を傾けること、もう一つは自然に耳に入ってくるということです。そして、私たちは、みんなアンデルセンの物語に対して「関心をもって注意深く耳を傾けて」きました。つまり、私たちは彼の物語を単に聞いてきたのではなく、彼の書いた言葉に耳を傾けてきたのです。

そして、アンデルセンも自ら、自身の物語を語り聞かせました。彼は、荘園をはじめ、修道院、深く交流のあったコリン家[1]やゲオ・ブランデス家[2]、ハンブルグ、パリ、ローマ……と、世界各地で物語を語り聞かせました。時には、八〇〇人以上の聴衆の前、学生グループの前、または労働組合などでも物語を語り聞かせました。ですから、彼は語り聞かせるための物語を書くために、順序や強弱、皮肉、悲しさ、おもしろさなどのバランスを調整することにとても気を遣ったのです。

アンデルセンは、子ども向けの物語から離れて大人のための物語を書くときも、黙読をするための話を書くことはありませんでした。彼の物語に見られるユーモアの切り替えや口調

ヨーナス・コリン

（2）Georg Brandes（1842〜1927）文学評論家。宗教色の薄いユダヤ人の両親のもとに育ったが、キルケゴールに影響を受け、キリスト教信者となる。1870年代からのスカンジナビア文学に影響を及ぼした一人。

の変化、キーワードの使い方、突発的な感情や敵意などの表現、教訓、多義性など、すべては聞かれるために書かれたものなのです。そのため、彼は物語を書くときに、読者にポイントをわかってもらうための斜体（イタリック体）は使用しませんでした。つまり、読んだときではなく、聞いたときにこそポイントがわかるように工夫をしたのです。

そうなると、語り手も物語を読むときには注意が必要となります。たとえば、『小クラウスと大クラウス』を読むときには、楽しげな小クラウスの「お馬さんたち、急いで！」という声色と、大クラウスの「おい、馬、さっさとどっかに行け！」と言うときの声色には変化をもたせなければならないのです。また、大クラウスが道で商売をしている場面も大事です。馬の皮がかなり高く売れると思い込んでいた大クラウスは、「皮だよー、皮。誰か皮は買わんかね！」と大声を張り上げます。もちろん、この台詞は叫びながら言わなければなりません。皮なめしが喜んで取引をしてくれると思った大クラウスが、物語のなかでは遠くの道まで聞こえるように、そしてその声が自分だとわかるように大声で叫ぶのです。「皮だよー、皮！」と。

さらに、人々が彼を嘲笑うところでは、「赤いブタでも吐き出せ、こんな皮くれてやる！この町から出ていけ！」と、町の人々になりきってうまく演じることが必要となります。過剰な表現は必要ありませんが、アンデルセンの物語はしっかりと声色を調節しながら読まなければならないのです。

（3）Karin Nellemose（1905～1993）俳優。1926年にデンマーク王立劇場学校を卒業し、50作品にも及ぶ映画に出演。

物語を理解するためには、まずその物語を聞かなければなりません。言葉に表されている内容はもちろん、言葉の裏に隠されていることもすべて聞き取るのです。若いころから役者に憧れていたアンデルセンは、とりわけ劇場で演じられる物語にこだわり続けました。ですから、彼が意図することは劇場で物語を聞いてはじめて理解をすることができるのです。私も、よく物語を聞きに劇場へ足を運びました。そのなかでも、印象に残ったものをいくつか紹介しましょう。

カリン・ネレモーセ(3)が、初めて『いたずらっ子』を演じたときのことは今でもよく覚えています。

「おぉ、おぉ、かわいそうに。さぁ、こちらへおいで。温めてあげようね。おまえはよい子だから、ワインとリンゴをあげようね」と年老いた詩人は言い、少年の手を取りました。

そして、ヨァーン・リーンベア(4)が演じた『モミの木』を聞いたときは笑いましたし、泣きました。この物語を通して私は、頭のなかで読んだだけ（つまり、黙読）では絶対に理解できないことがあるのだと知りました。

（4）Jørgen Reenberg（1927～　）俳優。1946年にデンマーク王立劇場学校を卒業し、俳優として活躍してきた。

モミの木は、自分が小さな木と思われているのが嫌で嫌でたまりませんでした。いつの日かどっしりとした大木になって、立派になりたいと思っていました。

ある日のこと、子どもたちが森へ遊びに行って、木苺などを摘みながらお散歩やおしゃべりをしていると、一本のモミの木が目に留まりました。そして、子どもたちは「まぁ、ちっちゃなかわいい木！」と言いました。実は、この言葉こそ、モミの木にとっては最悪の一言だったのです。

もちろん、子どもたちはそれを悪意で言ったのではありませんが、世界で一番嫌いな言葉である「ちっちゃな」と言われたことでモミの木は深く傷ついたのです。

季節が変わって冬になりました。モミの木の周りにも雪が降り積もり、たびたびウサギが来ては、跳ね、モミの木に飛び乗ったりしています。「あぁ！　イライラする！」と、モミの木は怒り狂っています。

この最後の部分で、ヨァーン・リーンベアはモミの木の怒りの感情を一気に暴動のごとく

デンマークのクリスマスにモミの木は欠かせません。森から切ってきたばかりのツリーに家族で飾りつけをし、クリスマスを祝います。
（写真提供：大塚絢子）

表現しました。この怒りの表現は、黙読するだけではうまく感じ取ることはできません。やはり、アンデルセンの物語は聞くことによって初めて理解できるのです。

この物語でおもしろいのは、モミの木が大きくなりたい、つまり年をとりたいとばかり考えていることです。チビの間は、世の中は侮辱だらけだと思っているのです。

そこでアンデルセンは、話の展開をおもしろくするために、実際にモミの木を願い通りクリスマスツリーになれるほどの立派な大木に成長させました。しかし、そう簡単には事は運びません。クリスマスが終わった後、モミの木は屋根裏へと押し込まれてしまうのです。将来、立派なモミの木になることをずっと夢見てきた彼ですが、現実はこのように何とも寂しい光景となったのです。そのうえ、そこで待ち受けていたものは、これまでにかけられてきた言葉とはまったく違う侮辱の言葉でした。


屋根裏には数匹のネズミがいました。

「なんて寒いんだ！　寒くさえなければここは暮らしやすいところなのに！　モミの木じいさん、あんたもそう思わないかい？」と、小さなネズミたちが言いました。すると、モミの木は「私はじいさんではない！　ここには私よりももっと年寄りがいるじゃないか！」と言い返しました。そして、少したってまたネズミたちが、「あぁ、じいさん、あんたはなんて幸せなモミの木なんだろう」と言いました。すると、「だから、私はじいさんではない！　この冬に森から切られてきたばかりで、今が人生で一番いい時なんだ。私の人生は、まだまだこれからなんだ！」と言うのです。

エリック・マーク(5)が演じた『影法師』という恐ろしい物語を聞いたとき、もちろん彼が演じたからですが、この物語の良さがはじめてわかりました。

　ある男と人間のフリをしたその男の影法師が、ともに世界を旅していました。その途中、さまざまな病を抱えた人々が治療を受けるために集まってきている保養地に辿り着きました。そこでは、外国からやって来た多くの人々が水浴びをしていました。そのなかには、病に苦しむある国の王女もいました。彼女の病とはよく見えすぎるというもので、王女は不安に駆られていたのでした。

　ここでは、「困難」だとか「危険」という言葉ではなく、「不安」という単語が使われています。エリックは、アンデルセンが伝えたかったであろうこの「不安」という言葉を、ニュアンスはそのままに彼自身の論理的な語り方で伝えました。私には、あのような読み方をすることはとうていできません。物語は次のように続きます。

（5）Erik Mørk（1925〜1993）俳優。シリアスな役を演じることが多かった。

実は、影法師もこの「よく見えすぎる」という病気に苦しんでいたのです。

これは、「私はすべてを見てきた。すべてを知っている」という彼の台詞からもわかります。すべてが見えてしまうということは、この物語のなかでは、モノが透けて見えるということではなく、すべてを見抜いてしまうということです。物語のなかには「見える」という単語のほかに「メガネ」というキーワードも出てきます。影法師と王女は、物事を見抜くことができる特別なメガネをかけているのです。そして、見抜いてしまうと、実はそこには何もないことがわかるのです。

「見抜く」という単語を辞書で調べてみると、「まっすぐ向こう側を見る」もしくは「反対側を見る」という意味が載っています。では、その反対側には一体何があるのでしょうか。

……そう、そこには何もないのです。

「私は誰も見たことのない、そして見てはならないものを見てきた！　私が見てきたことは、誰もが知りたいと願いながらも絶対に知ってはならないことだ」と、影法師は言います。

「見抜く」ということは、つまり、本当に何もないことを目の当たりにすることなのです。そして、誰かがこの私を見抜くということは、みんなが思いこんでいる私ではない本当の私を見ることになるのです。

私たちは普段、自らの意志によって自分をコントロールしています。それは、周囲の人に対してだけではなく自分自身に対してもです。そして、私たちは意識的にも無意識的にもニセモノについて話していることを自覚していくと、しかし、その行為を長く続けていくと、お互いがお互いのニセモノを受け入れ、そのまま記憶にインプットされてしまうのです。そして、そのニセモノの裏には「不安」が隠れているのです。その不安とは、自分の意志に気づいてしまうと、自分自身でさえもこのニセモノの自分を保てなくなってしまうというものです。また、みんなに自分がニセモノであることを見透かされてしまったら、本当の自分はもう誰にも受け入れてもらえないという不安も出てきます。そして、その不安は、ニセの笑顔、ニセの友情、ニセの親切心、ニセの愛情など、自身のニセモノが原因となっています。

不安はまず他者の目を気にすることから生じますが、その後にも、彼らがそれに気づいてしまったかもしれないという新たな不安が出てくるのです。だからこそ、この「不安」という単語は何にも置き換えられないものとして存在しているのです。

たしかに、この「見透かされる」という行為が私たちの不安の要因となっているのですが、一方で、逆にお互いの心を見透かし合いたいと心のどこかで思っているのも事実です。しかし、実際反対側を見たとしても、そこにはただ巨大な無しかないことに気づくのです。つまり、影法師の台詞の「私は、すべてを見てきた。何もかも知っている！」とは、「私はすべてが無であることを見てきた」ということです。だから、ほかの人が無に見えるなか、「よく見えすぎる」という王女と同じ目をもっていた影法師は王女の目には特別に映ったのです。

つまり、自分と同じようにすべてを見透すことができる人間は普通の人とは違って見えたのです。

ある晩のことでした。王女と影法師が、舞踏会で社交ダンスをしていました。王女はとても痩せているのですが、影法師はその王女以上に痩せていました。ダンスをしながら、王女は影法師に自分の祖国のことを話しました。実は、影法師はかつてその国に行ったことがあったのですが、偶然、そのとき王女はそこにいなかったのです。王女の家を上から下までじっくりと見て、そのとき王女のすべてを見抜いていた影法師は、自分が王女について知っていることをすべて伝えました。それを聞いた王女はとても驚いて、彼こそがこの世で唯一自分を説得できる人間であると確信したのです。

こうして、彼女は彼の能力に敬意を表してその後もダンスを続けました。そして、彼女は影法師に恋をしてしまいました。影法師もそのことに気づき、もうこれ以上、彼女が自分を見透かそうとすることはないと感じたのです。

普通であれば、一方だけが見えすぎるという病気をもっていると危険な状況を招くのですが、両者がそうである場合はこういう結果になるのです。影法師の言った「すべてを見抜いたのです」という台詞を私たちは何の疑問もなく読むことができますし、聞くこともできます。しかし、実はこの言葉には、鋭い視点で世の中は無であることを知ったという皮肉の意味が込められているのです。

「だから、世界は卑しいのだ！　もし、ほかのものになれたのであれば、私は人間にはなりたくなかった！」

影法師は、すべてが見えてしまう自分自身を冷たく見下すことしかできませんでした。しかし、皮肉なことに、自分自身を見下すことによって、自分に対して「敬意を表す」王女を手に入れることができたのです。影法師は、王女を手中に入れられることは最初からわかっていたのかもしれません。

「物事の表裏を見る」、「敬意」、「暗示」、ただこれらの単語を見ても、これといって危険を感じることはありません。しかし、これらの言葉の多義性はかなり危険なものです。なぜなら、語り手の声の調子によって聞き手の感じ方は変わってくるからです。たとえば、「さようなら、ありがとう」という一言は、「あぁ、すごく楽しかった」という意味もあれば、「もう二度とここには来ないよ」という意味にもとることができるのです。

ですから、本当の様子を伝えるためには上手な語り手になる必要があります。語り手は独りよがりの解説者になるのでもなく、また心理学者のように些細な言葉の意味を必要以上に詮索してもいけません。自身の理解、意見、聞いたことなどを順序立てて話さなければならないのです。「読むこと」と「読み聞かせること」には天と地ほどの差があるのです。そして、そのなかでもエリックが力説したかったのがこの「不安」という単語だったのです。

エリックは、『妖精の丘』という作品を演じたこともありました。これもまた難解な物語なのですが、書くことや教育（しつけ）などすべてに関するさまざまな役割を担っている物語です。ここに出てくるユーモアを理解するのには少し時間がかかりましたが、聴衆として一つ一つのユーモアにここまで影響されてしまったのはこのときが初めてでした。

俳優養成学校の生徒が、兵隊、王様、絞首刑執行者、裁判官、マクベス、メフィストの役になってどのように話せばいいのかを学ぶのは簡単です。しかし、アンデルセンの物語を読み聞かせるうえで必要なのは、トカゲ、ネズミ、コウノトリやヒキガエルになって話すことなのです。それだけではなく、アザミや手押車のように、本来言葉を発しないものの言葉さえ表現しなければならないのです。

聞いている私たちのほうも、手押車の言う内容を楽しむだけでなく、その声色もしっかりと認識して納得することが必要です。なるほど、たしかに手押車はこんな話し方をしそうだな、と想像をしてみるのです。たとえば、『妖精の丘』ではトカゲたちが会話をしています。

「いったい、あの古い妖精の丘では、ゴロゴロ、ガタガタと何をやっているんだろう?」と、一匹のトカゲが言いました。

「あまりの騒々しさに、わたしはこのふた晩というもの、ろくに眠れやしなかったよ。ちょうど、歯が痛くて眠れないような感じだね」

「あの丘では何かが行われているらしいんだよ!」と、もう一匹のトカゲが言いました。

「夜明けまで赤い丘の下に四本の柱を立てて風通しをよくしているし、妖精の娘たちはクモの巣より軽やかに踊るんだ。たしかに、何かがあるんだよ!」

「そうですよ、わたしは知り合いのミミズに聞いたんですがね……」と、三匹目のトカゲが言いました。

「そのミミズは実際にその丘へ行ってみたらしいんだ。彼は哀れにも目が見えないんだけど、耳を傾けて何かを感じたらしい。だけど彼は、何かを感じたという以外は何も話さないんだよ。もしかしたら、本当は何も知らないのかもしれないね」


ユーモアを理解するのに時間を要しますが、この話にはたくさんのユーモアが盛り込まれています。たとえば、一番目のトカゲが「わたしはこのふた晩というもの、ろくに眠れやしなかったよ。ちょうど、歯が痛くて眠れないような感じだね」という場面では、私たちは寝不足のトカゲや歯痛のトカゲの様子を思い浮かべて笑ってしまうでしょう。さらに、二番目のトカゲが妖精たちのことを話すときに表現した、「妖精の娘たちはクモの巣より軽やかに踊るんだ」という台詞もユーモアたっぷりです。きわめつけは三番目のトカゲの台詞で、眼の見えないミミズを「哀れ」と言っているのです。ちなみに、これを語り手はどう読めばいいのでしょうか。かわいそうに思いながら読むのでしょうか、それとも軽蔑するように読むのでしょうか。これは、語り手のセンスにかかっているでしょう。

さらに、丘で何を見たのかを言わないミミズに対してトカゲが不思議に思う場面にも思わず笑ってしまいます。相手に興味を抱かせたいがために、本当は何も知らないのに何かを知っているというそぶりを見せる行為は人間にそっくりです。

ボディル・ウルセン(6)の語りを聞いたとき、そのあまりの演技のうまさに、彼女に生み出されためんどりや食糞コガネムシやヒキガエルを実際に見たような気になってしまいました。では、実際どのように語っているのかを聞いてみましょう。私には、その言葉がいまだに耳から離れません。

「なんて、ここはいい所なんでしょう！」と、ご主人さまのめんどりが言いました。彼女たちの羽には、赤い模様が付いています。

「なんて甘い匂いがするきれいな場所なんでしょう！」

（6）Bodil Udsen（1925〜　）芸術家、俳優。1945年にデンマーク王立劇場学校を卒業。これまでに多数の賞を受賞。

すると、食糞コガネムシが、「私は、もっといい場所を知っているよ。ここがきれいだとでも言うのかい？　ここには糞の山もないじゃないか！」と言うのでした。

アンデルセンは二九回に上る外国旅行を通して、他国の、とくに南欧やイタリアの天候の良さをついうらやむことがありました。しかし、そう思いながらも、やはり生まれ育った祖国を大切に思う心は忘れていませんでした。そして、彼は最愛なる母国デンマークのことを詩に書きました。それが、『デンマーク、わが祖国（私の生まれたデンマーク）』です。

母語デンマーク語は母の声であり、私の心に甘く響く

食糞コガネムシの台詞はユーモアたっぷりに表現されていますが、それは同時に彼の怒りを放出している箇所でもあります。ボディル・ウルセンは、次の言葉もそのまま語るのではなく、食糞コガネムシを通してその怒りも表現し、さらに独特の言い回しで語りました。そうすることで、忘れられないくらい鮮明な台詞として聴衆の記憶に残ったのです。

「傷ついた私。私に多大な影響を及ぼし、私があんなに愛し、父のように慕った男に私は侮辱されました。彼は、私には愛国心がないとはねのけ、私から勇気とユーモアを奪い去ったのです」

白い布の上に二匹のカエルが座っています。

「雨だ。今朝は、天気にうるさい食糞コガネムシがいたからね」

カエルのはっきりとした目は、ただただ喜びに輝いていました。

「なんていい天気なんだ！　さっぱりして気持ちいい！　亜麻の布は水をよく含むからね！　泳がなきゃって後ろ足がムズムズするよ！」と一匹が言いました。すると、もう一匹が言いました。

「不思議に思うことがあるんだけど。ツバメってさ、外国を旅して回ってここよりもっと気候のいい国が見つかるんじゃないかと思ってるんだよな。こんなに湿気が多くて、水路のようなこの場所を喜べないやつは、本当には祖国を愛してないんだよ」

愛国家としても知られるアンデルセンは、日記のなかで祖国を愛するということに関してかなり厳格に触れています。たしかに、カエルが言うように、私たちは生まれ育った祖国を素晴らしいと思えなければ祖国を愛することなんてできないのです。

演じるときに大切なのはニュアンスです。物語には「祖国を愛してないんだよ」ではなく、「本当には祖国を愛してないんだよ」と書いてあります。このニュアンスの違いは何でしょう？　いや、ニュアンスではなくこの世界の違いは何でしょう。声を出して読むときは、この「本当には」もそうですが、「教訓的な」とか「憤慨して」、もしくは「独断的な」といった言葉は独善的なものとして伝わってしまいがちです。しかも、このポイントとなる「本当には」という言葉はここではカエルの鳴き声になるので、読み手は、カエルの鳴き声とこの「本当には」を自分のなかでつなぎ合わせて表現しなければならないのです。つまり、ニュアンスが大事になってくるのです。

同じく、ボディル・ウルセンが演じた『心からの悲しみ』もとても印象的でした。

かわいそうな女の子は、犬のお葬式に参加することができませんでした。参加するためにはズボン吊りのボタンが必要なのですが、少女はそれを持っていなかったのです。

私たちは目の前に本を置かないで話をする場合、元の物語とはかなり異なったニュアンスを含めてしまいがちです。しかし、ボディルは違いました。彼は、ほんの些細なニュアンスの違いで彼らしい語りを表現したのです。たとえば、次のような文章があります。

しかし、皮なめし工通りを抜けると、ある入り口に近づきます。そこには、みすぼらしいのですが、とてもかわいらしい顔立ちで、何かを訴えかけるような澄んだ青い瞳の少女が立っています。その少女は何も言いませんし、涙を流しもしません。でも、入り口が開くたびにじっとそこを見ているのです。

もし、良い語り手がごく普通に「彼女は涙も流しません」と言ったとしても、それは何の問題もありませんし、聞き手にもきちんと理解されることでしょう。しかし、ボディルは「彼女は涙を流しもしません」と語ったのです。ニュアンスの問題でしかないのですが、それは私のなかにいつまでも残る表現でした。彼の語りは、少女の無言の悲しみをこのうえなくうまく表現していました。

もう一つ、インゲボー・ブラムス(7)の演じた『おばさん』の冒頭部分もよく覚えています。おばさんは、次のように言います。

「劇場が私の学校だったの！　私の知識は、聖書のなかの物語から得たものよ。『モーゼ』や『ヨセフと彼の兄弟』は、今じゃオペラになっているわ！　私は劇場から歴史、地理、人間としての知識を得てきたのよ！　パリっ子の生活も部分的に知っているわ。あれはみだらだけど、すごく興味深いわ！　リケボー一家のお話は涙が出るくらいよ。彼女が若い恋人と一緒にいられるように自殺をしようとする男のお話。この五〇年間、劇場通いを続けてきたなかで、どれだけ私が涙を流してきたことか！」

ここでも重要なのがニュアンスです。この「劇場通いを続けてきたなかで」を「劇場に通ってきたなかで」に置き換えることができると思いますか？　それは無理です。なぜなら、

（7）Ingeborg Brams（1921～1989）俳優。1941年に王立劇場学校を卒業。ラジオでの語りでも活躍。

この文体は彼女の個性を表しているからです。
おばさんは季節の話をするとき、ほかの人のように「コウノトリが来たから春だわ！」とか「新聞に初物のイチゴのことが載っているから……」とは言いません。彼女は、「見ました？　劇場の席が売りに出されていますよ。いよいよ劇場のシーズンですね」と言うことで秋が来たことを示すのです。

おばさんは病気になることもありましたが、どんなに具合が悪くても芝居を観ることは欠かしませんでした。そして、劇場で座るときは医者のすすめる通り、足の下にパン種を置いて痛さを和らげました。たとえそこで死ぬことになったとしても、それが彼女の本望だったのです。彼女にとって、これほどの「幸福な死」はないでしょう。

もちろん、この物語を読んで微笑むことはできます。しかし、大女優である語り手がため息と喜びの混じった様子で「幸福な死」と言うのを聞いたとき、私は心の底から微笑みたい気分になりました。やはり、物語は聞くものなのです。

おばさんは、よく天井裏から芝居を観ました。幕が下がったときに、舞台背景の裏側

デンマークの首都コペンハーゲンにある王立劇場（Det Kongelige Teater）。演劇、バレエ、オペラなどが上演されます。
住所：Kongens Nytorv

を見るのがおもしろいからです。天井裏の席は暗い所にあり、たいていの人は持ってきた夕食を食べながら芝居を観ていました。ある日、リンゴ三個とソーセージ入りのパンが、事もあろうに、餓死しそうな人がいるウゴリノス刑務所の場面に落ちてしまいました。それを見た観客がゲラゲラと笑い出したのは言うまでもありません。このソーセージこそ、劇場の取締役会が天井裏の観客席を全廃した決定的な理由でした。

語り手はそれを自分の声としては言いませんが、おばさんの声として、懐かしそうにウフフと微笑みながら言うのです。

「明日は何を上演するのでしょう？」

これが、おばさんの臨終のときの言葉です。この言葉は、私たちが理解するよりもはるかに深い意味をもっています。この台詞は、彼女が抱く期待感だけでなく、同時に悲しさも表現しているのです。そして、この最後の台詞と同じように、物語自体もおもしろさだけではなく悲しさも持ち合わせているのです。ですから、この物語の演じ手には心に響くような重みのある語り方が要求されるのです。

ビギッテ・ブルーン(8)の演じた『美しい！』も聴きました。主な登場人物は、頭の弱いカーラという娘とその母親です。

（8）Birgitte Bruun（1953～　）オーデンセ劇場学校を卒業し、1983年からは海外でアンデルセンなどの公演も行っている。

母親は、ローマと古代ローマの醜い彫刻をひどく嫌っていました。なぜなら、彼女は美しいものにしか興味がなかったからです。美しい娘のカーラは、画家のアルフレッドと結婚しました。しかし、ある日、カーラは突然この世を去ってしまったのです。

「あの子は本当にいい子だった！」と、母親が言いました。

「あの子は、傷だらけのアンティークなんかよりずっと価値のある子だった！　カーラは、美しいものそのものだったわ！」と、アルフレッドも母親も泣き暮れました。二人は黒い服に身を包みました。とくに母親は、いつまでも喪服を着たままで悲しみから立ち直ることができませんでした。


しかし、アルフレッドはなんとほかの女性と再婚してしまったのです。そして、母親の悲しみは、アルフレッドとその新しい妻ソフィーアにも向けられました。

「彼は極端な方向に走ってしまった！」と、母親は嘆きました。

「最高に美しいものから、もっとも醜いものへ行ってしまったのよ。そのうち、私の娘のことなんて忘れてしまうのね。男なんて忍耐力のない生き物なんだわ！　でも、私の夫は違うわ！　もっとも、とうの昔に死んでしまったけどね！」


この母親の言葉にも、塩で味付けがされています。決定的な暗示は、黒い色が母親をもっとも美しく彩り、悲しみを長引かせているということです。この母親は、喪服を着続けることで義理の息子の娘への想いをとどめようとします。また、「極端」、「男なんて忍耐力のない生き物なんだわ！　でも、私の夫は違うわ！」という台詞も語りのポイントになっています。

そもそも、忍耐力とは何なのでしょう？　忍耐力というものは、長続きしにくいものです。忍耐力がないということは、彼が家族との生活に対して情熱をもっていなかったという意味なのでしょうか。母親の最後の捨て台詞として、「とうの昔に死んでしまったけどね！」とあります。これは、痛烈な皮肉とも言えます。なぜなら、この台詞は「もし、彼女の夫が生きていたとしても忍耐力なんてなかっただろう」ともとれるからです。人生と旅と男性は、侮辱されがちなのです。

このように見てくると、やはりアンデルセンの物語は聞くにかぎるということがわかっていただけると思います。かつて、アンデルセンの物語を四二本にも上るカセットテープに収めた俳優のトロルス・ミューラーがいましたが、彼には心から感謝をするべきでしょう。彼のカセットテープはとてもすばらしい贈り物です。彼の語りは、いつも新しい発見や驚きを与えてくれます。彼は役に合わせて声をつくっていますが、決して過剰な表現はしていません。むしろ、彼が表現しているのはありふれた語り口調であり、音程や雰囲気の変化、驚かすための効果なども決して大げさなものではありません。

アンデルセンの物語は楽譜のようなものです。語り手は、感動、驚きの気持ち、意地悪な性格、優しさなどをうまく使い分けて一つの曲に仕上げなければならないのです。しかしながら、アンデルセンを理解するのは一生かけても困難なことです。なぜなら、アンデルセンの奏でる単語は一つだけでなくたくさんの意味をもっているからです。アンデルセンを理解するということは、もしかしたら大クラウスよりもバカげているかもしれません。

これまで、私が劇場で聴いたいくつかの物語を紹介してきましたが、文章に音色を与え、秘密の部屋へと私を導いてくれた劇場での語りは感慨深いものでした。たしかに、みなさんがデンマークで過ごした子ど

『小クラウスと大クラウス』のあらすじ

ある村に「クラウス」という名前の男が２人いました。村人は２人を区別するため、４頭のウマをもっている方を「大クラウス」、１頭しかもっていない方を「小クラウス」と呼びました。たった１頭のウマを大クラウスに殺されてしまった小クラウスは、そのウマの皮を剥いで町に売りに出かけました。そして、大量のお金を手にして戻ってきました。実はそのお金は、たまたま泊めてもらった家であいびきをしていた僧侶を騙して手に入れたものだったのですが、お金に目のない大クラウスは小クラウスのまねをして、自分のウマを殺してその皮を町へ売りに出かけました。しかし、法外な値段で売ろうとしたために町から追い出されてしまいました。このように、大クラウスはいい思いばかりをする小クラウスのまねをしては痛い目に遭い、結局、「川の底で出合ったきれいな女性にたくさんの水牛をもらった」という小クラウスのホラを信じて自ら川の底に沈んでしまいました。

も時代と同じように、私もときには賢い学者や天才演出者の音色に耳を傾け、単調な日々の生活の音色も聞きました。しかし、最初にお話というものを聞いたのは自分の家であり、祖母の家でした。本のなかの挿し絵も覚えていますが、それ以上に印象深かったのは、怒りの声、喜びの声、悲しみの声でした。つまり、たくさんの表現を楽しめる芝居が、劇場ではなく日常の語りのなかで行われていたのです。

本のなかには音色や命、そして生活様式や絵を与える魂と経験が詰まっているのです。それはただの声ではありません。そこには、さまざまな声のコーラスがあり、悪者とヒーロー、魔女とお姫様、カエル、コウノトリ、藪、木、花、幻影、いたずらな妖精の会話の世界が広がっているのです。

アンデルセンの物語を聞くときは、語り手の口調や声の変化を感じ取らなければなりません。ですから、アンデルセンの物語を聞いたことのない人が読むということは決してしないでください。それが、私の切なる願いです。

3 おもしろい脚色

両者の合意を意味する「コンセンサス」という単語があります。結婚式で、牧師が「あなた方がともに生きていくと誓ったように」と言うのも明らかなコンセンサスです。コンセンサスは結婚式のような特別な場だけではなく、私たちの日常生活でも見られます。たとえば、会話をしているときなど、コンセンサスがなければ会話は成り立ちません。イスの座り心地がいいとか悪いとかという意見の食い違いがあったとしても、「イスについて話す」というコンセンサスは成立しているのです。たとえば、相手がテーブルを「時計」と言い、ポットを「テーブル」と呼んだり、「足元の天井」だとか「上空の床」などといった言葉を発したとしたら、たちまち会話は成立しなくなってしまいます。

ここに、コンセンサスに関するおもしろい話があります。

あるところに、グリーンランドに渡った一人の牧師がいました。彼は現地の言葉を実によく勉強したのですが、ある洗礼式のときに、教会中が笑いで包まれてしまうほどの失敗をや

（1）Søren Aaby Kierkegaard（1813～1855）哲学者・宗教思想家。ヘーゲルの思弁的体系や教会的キリスト教を鋭く批判し、主体性こそ真理だとして真のキリスト者・単独者への道を追求。主な著書は『不安の概念』、『死にいたる病』。

らかしてしまいました。グリーンランド語で、「赤ちゃんの頭に水を注ぐ」という言葉と「おしっこをする」という言葉は非常に似ているため、牧師は「神と御子と聖霊の名のもと、あなたにおしっこをします」と言ってしまったのです。もちろん、その場にいたグリーンランド人は大笑いでした。これはまさに、コンセンサスが成立しなかったという典型的な例です。

哲学者キルケゴール[1]の思い出話にもおもしろいものがあります。ある教会で、デンマーク語を話すドイツ人牧師が説教を行いましたが、その牧師は「ヨハネ福音書」に書かれてある通りに話さず、福音書の「言葉は肉となり」の部分をドイツ語のニュアンスを引用して「言葉はポークとなり」と言ってしまったのです。もちろん、このときも聴衆が大笑いをしたのは言うまでもありません。

どちらのケースも、本人の意志とは裏腹に、結果としてキリスト教を冒涜《ぼうとく》していることになります。おもしろいのは、牧師は真剣に重要なことを述べようとしているのに、実は大失敗をしているということです。

物語の語り手とその聞き手の間にもコンセンサスが必要となります。そこには、見つからないものが見つかり、不可能なものが可能になり、モノが言葉を発して、鬼や魔女が存在するという合意があります。そして、このような合意

ある田舎の小さな教会。こんなところで挙げる結婚式もいいかも。
（写真提供：大塚絢子）

のなかにユーモアはあるのです。

語り手はもちろんですが、当然ある程度の年齢になると、聞き手も物語のなかで起こっていることが現実ではあり得ないことを知ります。もし、ある堅物の学者が子どものそばにやって来て、「鬼は存在しないし、ネズミはしゃべれないし、火を噴くドラゴンなんていないんだよ」と言ったとしても、「そんなのわかってるよ。早く続きを話してよ」と子どもたちは言うでしょう。

しかし、語り手と聞き手の間には合意が成立するものとそうでないものがあります。たとえば、『雪の女王』に出てくる少女ゲルダの場面では、現実的でない話を聞き手が認める箇所もあれば認めない箇所もあるのです。

ゲルダは、門に木でできた二人の兵隊が立っている小さな家の前を通りかかりました。その兵隊たちが生きていると思ったゲルダは彼らに向かって叫びましたが、もちろん返事はありません。

これを聞いた子どもたちは、「当たり前だよ。木でできた兵隊が返事をするわけないよ」と言うでしょう。しかし、おもしろいことに、少女がカラスと会話をしている場面では誰も異議を唱えないのです。

世界最大の島、グリーンランド。デンマーク領。大部分は雪と氷に覆われています。古来から変わることのない美しい自然は圧巻です。

その後、少女はカラスと話しながらこう言います。

「きちんと話しかけなくちゃね。でも、なんかうまくいかないの」

私たちの間ではモノや動物が話さないという合意は成り立っていますが、時としてカラスやバラの花、そしてトナカイと言葉を交わすことには疑問を抱かないのです。しかし、これはこれでいいのです。子どもたちは、どちらのケースにも納得をするのです。木でできた兵隊さんは話せないけれどカラスは話せるのです。このような状況で論理的に物事を考えようとする人間は、逆に堅物に思われるだけです。


古い物語は、「むかしむかし」という言葉で始まります。「むかしむかし（es war einmal – once upon a time – il était une fois）」は、すべてアラビア語の物語の書きはじめ「kan ma kan」から来ています。アラビア語で「Kan ma kan」とは、「むかしむかし」だとか「そこには～がない」という意味です。つまり、「むかしむかし」ではじまるということは、頭から「これはあり得ない話ですよ」とか「さぁ、ウソに耳を傾けなさい」と言っているようなものなのです。

「むかしむかし、あるところに、自らを飾ることができるテーブルと一人の男がいました。男が『飾れ！』と言うと、テーブルは自らを飾るのです」

キルケゴールが言うように、物語をつくるときは「もし、こうなったら……」という仮定からはじまるのです。つまり、「勝手に飾ってくれるテーブルがあればなぁ」という思いがそのまま物語となり、「あるところに、自らを飾ることができるテーブルを持った男がいました」というふうになるのです。

ソファに座った堅物の学者が、「勝手に飾ってくれるテーブルなんているわけがない」と言ったとしても、「わかってるよ。でも、続けて」と子どもたちは言うでしょう。合意とは、物語のなかの幻想を聞き手がそのまま認めるか認めないかということです。現実的にしか物事を考えることができない学者は、「そこにないものはあるわけがないんだ」と言うかもしれません。しかし、彼が何と言おうと、聞き手には何の関係もありません。合意は、すべて聞き手によって成立するのです。

しかし、物語には現実の描写も必要です。幻想だけでは物語は成り立ちませんし、聞き手もその物語の世界に入り込みにくいでしょう。たとえば、聖書のなかにこんな文章があります。

彼には妻たち、すなわち七百人の王妃と三百人の側室がいた。そして、王は三〇〇〇ものことわざと一〇〇五の歌をつくった。(2)

（2）「彼には妻たち、すなわち七百人の王妃と三百人の側室がいた。」までは、旧約聖書「列王記」上11章3節より引用。

ここに出てくる「一〇〇五」という数字に注目してください。この細かい数字は、内容を正当化するための手段なのです。つまり、話に現実味をもたせるための手法なのです。

——かわいそうな女王は、夫から命を守るために一〇〇〇夜ではなく一〇〇一夜もの長い間、毎晩、物語を聞かせました。

（**『アラビアンナイト』**より）

ここでも、「一〇〇一夜」と表現することで本当にあったかのように感じることができます。

——スペインの遊蕩貴族、ドンファンには一〇〇三人もの恋人がいました。

（**『ドン・ファン』**より）

これにも、同じテクニックが使われています。キルケゴールはこのドンファンの話について、「一〇〇三」という数字がかなり特徴的なので、読者はその具体的な数字につい目を留めてしまう。だからこそ、読者にインパクトを与えるのだと述べています。

フランスの作家ラブレー(3)の『ガルガンチュア物語』では、とてつもなく大きな赤ちゃんが登場します。

（3）François Rabelais（1494？〜1553？）フランスの人文学者・医者。当時の公式的権威を嘲弄し、中世の硬直化した価値観を笑い飛ばした『ガルカンチュア物語』がパリ高等法院に批判され、亡命を余儀なくされる。

その生まれたばかりの子は、一七九一三頭もの乳牛のミルクを必要とするくらい巨大な赤ちゃんでした。そして、信じがたいことですが、赤ちゃんのお母さんは、何と一四〇二バーレル（樽）と四ツボ、それに加えて一ポット分のおっぱいを出すことができるのです。

ラブレーのこの母親に関する驚異的な表現は、その前に登場した巨大赤ちゃんの存在に現実味を与えています。これらの現実味のある内容も合意の一部なのです。

ホルベア[4]の『イサカのユリシーズ（Ulysses von Ithacia）』では、七と四分の一アリーン（alen、四・五四五七五メートル）の巨人が登場します。これについても、キルケゴールはコメントしています。

「この四分の一アリーンと書くだけで、現実として心に留めることとなる。七アリーンも細かな数字だが、四分の一アリーンにはかなわない」

自らも語り手であったアンデルセンは、常に聞き手とのあいだの合意を意識していました。ここで言う合意には、空想のものと現実のものがあります。つまり、彼は絶対に起こらないようなことを描くのはもちろん、皆が共通の認識をもっている現実の描写にも力を入れていました。しかも、彼の描く現実は論理的で正確なものでした。幻想と現実を組み合わせるこ

（4）Ludvig Holberg（1684～1754）デンマーク、ノルウェーで活躍した作家、歴史家、劇作家。

とによって、聞き手はこの二つの世界を自由に行ったり来たりすることができるのです。これは、まさに物語のなかだからこそできることです。

さらに彼は、聞き手が現実の内容をきちんと共有できているかどうかを確認することも忘れていませんでした。これは、以下のような文章から見ることができます。

ものすごく古い木の棚を見たことがありますか？　時が経ちすぎて真っ黒になり、飾りの部分が欠けているくらい古い木の棚です。この棚は居間に置いてあるのですが……。

（『**ヒツジ飼いの娘とエントツ掃除屋さん**』より）

「むすめ」を見たことがありますか？　敷石を叩いて固める道具を「むすめ」と呼ぶのです。

（『**二人のむすめ**』より）

虫メガネのことは知っていますよね。こんな丸いメガネのような形をして、世界中のものを一〇〇倍くらい大きく見せるあの虫メガネです。

（『**水のしずく**』より）

子どもの知っているものの多さには驚かされます。子どもが知らないものは、きっと大人も知らないのではないでしょうか。コウノトリは子どもたちを井戸や貯水池から拾い、お父さんとお母さんのもとへ連れていくのです。しかし、今ではこんなことを信じる子どもはいません。そんなことは、昔話にすぎないのです。しかし、いったい子どもはどこから井戸や貯水池にやって来るのでしょう？　なかには、それについて知っている人もいます。星がよく見える夜に、空を見上げてみてください。そこには、落ちて消えていく流れ星が見えます。これは、学問では説明できません。私たち自身が理解することで、初めて人に説明できるのです。

（『**パイターとピーターとペーア**』より）

この国で一番大きな葉っぱはギシギシ(5)の葉です。お腹の前に置けば、大きなエプロンになります。雨の日に頭の上に置けば傘の役割も果たしてくれます。それくらい、ギシギシの葉は大きいのです。

（『**幸せな一家**』より）

このように、物語には幻想に対する合意も必要ですが、それを引き立てるための現実味をもたせるディテールも欠かせないものなのです。そして、この二つが結合することで、聞き手を引き込んでしまうような良い物語が出来上がるのです。

（5）タデ科の大型多年草。原野、路ばたの湿地に自生。長大な黄色の根をもつ。茎・葉は蓚酸を含み、酸味が強く、酸を抜けば食用になる。

4 道に沿ってまっすぐに

一九世紀のデンマークの文体には二つの流れがあります。一つは、中世の北欧の物語に出てくるサガ[1]の模倣やそれらを寄せ集めたもので、とくに一九世紀前半の作品に代表されます。この風潮は、一八七〇年代終わりに書かれたJ・P・ヤコブセン[2]のロマン小説『マリア・グッベ婦人(Fru Marie Grubbe)』(一八七六年)が出版されたころに頂点を迎えました。もう一つの文体は話し言葉に近いもので、この文体は一九世紀後半に主流となりました。しかし、実はこの話し言葉に近い文体はすでに一八三〇年代に絶頂を迎えていたのです。それが、アンデルセンの物語だったのです。

では、この話し言葉の文体とは一体どういうものなのでしょうか。エドワード・コリン[3]とエアリン・ニールセン[4]が、おもしろい描写をしているので紹介しましょう。

アンデルセンが子どもたちに語るお話は、さまざまな物語を組み合わせたものです。なかには、既存の物語から部分的に引用しているものもあります。しかし、アンデルセ

(1) アイスランド語で「物語集」という意味。アイスランドサガが最も有名で、12、13世紀に発達。庶民の暮らしぶりを描いたもの。

(2) Jens Peter Jacobsen(1847〜1885)作家。1872年の『モーエンス』でデビュー。その後、ダーウィンの『種の起源』を訳す。

ンが語った途端にその物語は彼独自の世界に包まれ、子どもたちの笑顔を導く物語となるのです。たとえば、「子どもたちは馬車に乗り込み、走り出しました」という文章を、「すると、そこに馬車が来ました。『お父さん、お母さん、さようなら！』。馬車の運転手がムチでピシャピシャと馬を叩き、子どもたちは両親から遠ざかります」というふうに語ることで、乾ききった文章に生命を与えることになるのです。（エドワード・コリン）

杖や石は、いつも物語に登場するわけではありません。文学の黄金時代、これらの取るに足らないモノたちがおぼつかぬ足取りで辿り着いた先がアンデルセンの世界でした。アンデルセンは話し言葉を使用し、脇役の台詞を挿入し、単語の上下にあるものの基準を高等技術で変化させることで物語全体のリズムを重視しました。『ティーカップ』という物語では次のように書かれています。

「ティーポットが落ちると、注ぎ口は割れ、取っ手も壊れました。フタについては言うまでもありません」（エアリン・ニールセン）

私は、アンデルセンほどうまく物語の構成を考えて、語られるための話をつくれる人はほかにいないと思います。しかし、彼も最初から話し言葉の文体を確立していたわけではありません。彼が初めて出版した『幽霊』という物語（のちに『旅の仲間』として書き換えられ

（3）Edvard Collin（1808～1886）ヨーナス・コリンの5番目の子ども。父親と同様、様々な面でアンデルセンを支えた。

（4）Erling Nielsen（1920～2000）。1983年にアンデルセンに関する著書を残している。

る）も、最初は複雑で、しかもかなり文学的に書かれていました。物語の冒頭部分も、佳境に入る前に子どもたちがウトウトしてしまうほど長い文章だったのです。

しかし、数年後に書かれた『火打箱』はとてもわかりやすい文章に出来上がっています。

そこへ、行進した兵隊さんが道に沿って歩いて来ました。

「いち、にっ！　いち、にっ！」

兵隊さんが見えると同時に、その声も聞こえてきました。

『火打箱』を書いたとき、アンデルセンは三〇歳近くになっていました。『幽霊』を書いてから五年、シンプルで理解しやすい

『火打箱』のあらすじ

戦争帰りの兵隊さんが道端で魔女に出会い、大量のお金と火打箱を手に入れました。兵隊さんはたどり着いた町で、王様によって塔に閉じ込められている美しいお姫様の噂を耳にしました。その町で兵隊さんは、貧しい人々にたくさんのお金を分け与え、ロウソク一本買えないほど貧乏になってしまいました。そこで、以前魔女から奪った火打箱で火をつけると、ティーカップほどの目をしたイヌが出てきて「旦那様、どういったご用でしょう」と言いました。兵隊さんが「美しいお姫様をひと目でいいから見てみたい」とお願いすると、すぐさまイヌは背中にお姫様をのせて戻ってきました。お姫様を連れ出したことで絞首刑を言い渡された兵隊さんは、その直前にタバコを一本吸わせてほしいと言って火打箱を取り出して「１、２、３」と火を切りました。すると、大きな目をしたイヌが３匹出てきてたちまち王様や兵士達をやっつけてしまい、兵隊さんはお姫様とめでたく結婚しました。

物語を書くようになったアンデルセンに一体どんな変化が起こったのでしょうか。『火打箱』については、エアリン・ニールセンも読みやすくてわかりやすい物語だと評価しています。『火打箱』に出てくる表現は、たとえば、次のようにストレートかつエネルギッシュです。


――そこへ、兵隊さんが道に沿って行進してきました。

――彼が回復に向かっているのは明らかでした。

――彼はそれまで戦争に行っていましたが、今は家路の途中です。

――彼は、自分で決めます。

――彼はブラブラ歩くこともできますし、いつでも好きなときにやめることもできます。


この語りで大切なのは、兵隊さんのテンポと語り手のテンポがぴったり合っていないといけないということです。そして、兵隊さんが自由の待つ家に帰るときには、同じように語り手も自由を手にするのです。この物語では、冒頭からドキドキ感が始まり、そのドキドキ感は最後まで続きます。そして、その緊張感をゆるめるのが物語の合間に見られる教訓や第三者的見解なのです。

アンデルセン博物館の隣にある「fyrtøjet（火打箱）」という名前のお土産shop。
（写真提供：大塚絢子）

スウェーデン人の作家ペア・オロウ・エンキスト(5)も、アンデルセンの特徴について以下のように書いています。

「アンデルセンの問題点は、『低湿地』の植物と同じようなものです。彼は光をつかむために空想の世界にどっぷりとつかり、そして指導的な輪のなかに入り込み、愛され、有名になることでより改良されていったのです。光を追求する彼の熱意は並み外れたものでした。彼は時代の流れに合った、おもしろくてロマンチックなものを書こうと必死に探しました。そして、使われる言葉はモダンかつスタイリッシュで完璧なものでしたが、残念なことに、当時は新鮮だった言葉も今日ではもはや死語になってしまいました。しかし、彼にはもう一つのすばらしい言葉がありました。つまり、自分らしいスタイルを主張した独自の言葉です。それは、心の奥深いところから、そして彼のなかの相容れないリズム感から生まれたものです。そして、そのスタイルの根本にあるのが、彼の背後にある精神病院や貧困といった『低湿地』という環境なのです。彼独自のスタイルで書いた文章は、すごくすばらしいものになりました。それは生き生きとして、シンプルで、それでいて獣のように危険で、今までの文学史においては型破り的な存在となり、以後、北欧の文学芸術を一変させるものとなりました」

エンキストは、自らの書において「我々は、我々自身によって悟られるものなのだ」と書いています。つまり、エンキストは、アンデルセンも過去の苦い経験によって彼独自のスタイルが出来上がったのだと主張したのです。

（5）Per Olov Enquist（1934～　）作家、劇作家、ジャーナリスト。北スウェーデンのヒョグベーレで生まれ、1970年代にコペンハーゲンに移る。その独特なドキュメンタリー・スタイル・フィクションで有名となった。

しかし、彼のこの主張が正しいとも言い切れません。実際、エンキストものちに、「彼のスタイルは、彼自身の比類ないリズム感から生まれたのです」と言って、それまでの自分の意見を訂正しています。

独自の文体スタイルを確立させたのはアンデルセンだけではありませんでした。プロレタリアートからなかなか抜け出せないでいたスティーン・スティーンセン・ブリッシャー(6)は、時代に合った話を書くのをやめ、シンプルで気取らないものを書こうと決めてから、アンデルセンと同じように独自のスタイルを築くことができるようになりました。哲学者のキルケゴールもまた同じ経験をし、そして生まれたのが彼が得意とする講話です。そして、民衆に話を語り聞かせ始めていたグルントヴィ(7)もまた然りです。

「どのお話も六、七回は書き直されているものです」と、アンデルセンは言っています。語り聞かせるための文章に仕上げるため、原稿は何度も書き直されました。原稿校正にかかわってきた編集者エリック・ダール(8)も次のように言っています。

「原稿材料はかなり量の多いものでしたが、結局、完成したのはたっ

キルケゴール

N・F・S・グルントヴィ

た六種類の物語だけでした。出来上がったものは、最初のものから比べるとかなり編集されています。そして、大事なポイントは徹底的に鋭くされ、編集作業のあとに付け足されました」

この最後の部分の「大事なポイントは編集作業のあとに付け足されました」に関しては、エリック・ダールが『はだかの王様』を例に出しています。この物語は、皆さんもご存知の通り、廷臣が何も着ていないはだかの王様を連れて歩くというお話です。ある夜、アンデルセンがこの物語を子どもたちに語り聞かせたところ、一人の子どもが「でも、王様は何にも着ていやしないじゃない」と言いました。この発言を聞いて、アンデルセンは非常にうれしくなりました。そして、この一言をあとから物語のなかに織り込んだのです。

アンデルセンと同じデンマーク出身のキルケゴールは、デンマーク語を褒め称えました。「それが口に出すことの出来ないものに対せしめられた時に、息せかず、また張りつめた響きを発しないで、それを口に出せるようになるまで冗談と真面目でそれに従事する。また、この言語は近くにあるものを遠く離れた所に見出さない、或いは、ごく手近にあるものを下に深く求めない（中略）この言語は、偉大なものや、決定的なものや、顕著なものに対する表現に欠けてはいないが、しかし、中間思想や、付随概念や、形容語や、気分のお喋りや、転調の鼻歌や、活用の親密さや、密やかな福祉の隠された豊潤さに対する、魅惑的な、人を

（6）Steen Steensen Blicher（1782～1848）ユトランド半島最大の小説家、詩人、牧師。「田舎町教師の日記の未完成原稿」ではモーテン・ヴィンゲという欲しいものをまったく手に入れられない男性を描き、人気を博した。

引きつける、至福な偏愛を持っている、またこの言語は、冗談を真面目と同じようによく理解する[9]」

このキルケゴールの意見を聞いたエアリン・ニールセンは、「そして、このデンマーク語を使った物語のなかでもっとも美しいものはアンデルセンの物語でしょう」と付け加えています。

私にとっては、「道に沿って真っすぐに」という文章が出てくる『火打箱』から、死んだカラスや割れた木ぐつ、両手にいっぱいの泥などの日常生活を文字に表した『間抜けのハンス』まで、すべてがまさにその美しい言葉の描写なのです。

アンデルセンはその巧みな技術で、私たちが普段触れてはならないタブーの世界も書き表しました。つまり、彼は私たちの現実（本当の姿）を物語に描いたのです。なぜなら、まさにタブーの世界で発せられる感情や言葉こそが、私たちの心の奥に働きかけるものだからです。そのため、彼は何度も「無礼者」だと言われました。

私たちのタブーの世界を表現したよい例が『はだかの王様』です。これは、私たち人間が他者をその人の身に着けているもので判断するという風刺的な内容になっています。物語に出てくる人々が王様や裁判官、政治家に敬意を払うのは、彼らの着ている洋服やマント、ユニフォームに対して敬意を払っているということです。だから彼らは、本当は何も着ていない王様でも、何か着ていることにするのです。

（7）Nikolaj Frederik Severin Grundtvig（1783〜1872）牧師、詩人、哲学者、教育者。当時のキリスト教協会や学者を批判し、真の民主主義社会を目指す。農民の教育を目的としたフォルケホイスコーレの提唱者でもある。

詐欺師は、王様のために縫った素晴らしい洋服が見えないのは洋服のせいではなく、それが見えない人間に問題があるのだと言いました。

「色と模様の美しさだけが、この洋服の特徴ではありません。これは素晴らしく高品質で、愚かで間抜けな人の目には見えないのです」

町じゅうの人々は、この服の素晴らしさに気づかない愚かな隣人がどれだけいるかということでもちきりでした。

多くの人は、内面よりも外見に対して敬意を払っています。これは、言葉や感情に対しても同じことが言えます。人は、言葉の内側よりも外側を重要視するのです。そして、口に出して言う感情しか見ようとしないのです。しかし、『ナイチンゲール』という物語では、言葉の向こう側にある本物の感情が描かれています。以下は、幻の鳥の歌声を聞いた少女の台詞です。

「それを聴いていると、母が私にキスをしてくれたような気がして自然と涙が出てくるの！」

この台詞は、少女の感情がそのまま言葉になったものです。つまり、「感情の表現」です。

（8）Erik Dal（1922〜　）作家。アンデルセンの絵や切り絵を扱った著書のほか、全7巻のアンデルセン物語集を出版している。

（9）創元社版『キルケゴール著作全集』第5巻、大谷長訳、1988年、P.488〜489より。

この台詞からもわかるように、言葉の向こう側にある本物の感情は、子どもでも簡単に理解できるようなシンプルでわかりやすいものなのです。

そして、この「感情の表現」が終始描かれているのが『あるお母さんのお話』です。主人公であるお母さんは、もっとも恐ろしいことと言われている死神との遭遇を、子どもを病気で亡くしたときに経験しました。

ドアをドンドンと叩く音がします。開けてみると、そこには大きな馬衣《うまぎぬ》に身を包んだみすぼらしい身なりのおじいさんが立っていました。その年の冬はとても寒く、おじいさんには暖かい場所が必要だったのです。外では雪と氷に視界が閉ざされ、強い風に顔も引き裂かれそうです。

家のなかでは、小さな子どもが眠っていました。お母さんは、おじいさんのためにビールの入ったビンをストーブで温めました。おじいさんは、座ったまま震えていました。おかあさんはおじいさんのそばにある椅子に座り、病気の子どもを見つめたまま、その小さな手を握りました。そして、おじいさんに話しかけました。

「この子を、手元に置いておけます？　神様は、この子を連れていってしまうのかしら！」

おじいさんは変なうなずき方をしました。それは、「いいえ」ともとれるような「はい」でした。

この物語の描写は日常的で、感情豊かなものです。お母さんは、寒い外から入ってきたこのおじいさんが「死神」だとは知りませんでした。いつ死神がやって来るかなんて誰にもわからないものです。とくに、死を知りたくないときには余計に気づきません。死ぬことに希望を抱く人なんて誰もいないでしょう。しかし、死神は容赦なく近づいてきます。どんどん子どもに近づいてきます。とうとう、死神は子どものそばまでやって来ました。そして、子どもに手をかけました。すると、お母さんは死神に二つの質問を投げかけます。

「この子を、手元に置いておけます？」

もし、死神が頷けば「はい」という意味で、彼女の願い通りになります。しかし、パニック状態になっている彼女は、もう一つの質問もしてしまうのです。

「神様は、この子を連れていってしまうのかしら！」

もし、死神が頷けば彼女は一気にどん底に突き落とされ、願いもすべて跳ね除けられてしまいます。しかし、「おじいさんは変なうなずき方をしました。それは、『いいえ』ともとれるような『はい』でした」。

おじいさんは、お母さんが投げかけた二つの質問のうち、どちらに対して「はい」と返事をしたのでしょうか。このお母さんだけでなく、死を間近に感じた者は誰でも両方の質問をしてしまうでしょう。この子を手元に置いておけるのか、それとも手放さなければならないのか。死神はいったいどちらの質問に頷いたのでしょうか。おじいさんが明確な返事をしないので、絶望のなかにも希望があるということをお母さんは読み取ることができませんでした。

この死が差し迫ったときの感情は、私たち人間が経験してきたことであり、またこれからも経験していくことです。これは、まさに感情の世界なのです。それでいて、すごく当たり前の日常なのです。

もう一つ、気に留めなければならない箇所があります。それは、人は自分が外側にいることを認めようとしないということです。私たちは事実を受け入れることができない無力さや、起きてほしくないことを認めたくないものです。

お母さんが少しウトウトした隙に、死神は子どもを揺さぶりました。そして、お母さんが目を開けたとき、そこにはとても恐ろしい光景が広がっていました。あのおじいさんは行ってしまったのです。彼女の小さな子どもも、もういません。あのおじいさんが、一緒に連れていってしまったのです。古い時計の振り子を支える留め金がクルクルと回っていましたが、突然、時計の大きな振り子が「ドン！」と大きな音を立てて床に落ち、時計の音はしなくなりました。

一瞬一瞬の感情の変化が言葉と言葉の間を通り過ぎ、そして避けることのできない決定的な現実が「ドン！」という単語に集約されて表されています。

人は死の世界とは別のところにいますが、時計の振り子が床に落ちると同時に音も時間の流れもない世界に入ってしまうのです。そして、人は時間を戻そうともがきます。母親も、子どもの息がまだあったときまで無理に時計の針を戻そうとします。しかし、もちろん時間を戻すことはできません。時計の振り子は重く、床に突き刺さったままです。世界中の誰もが運命には逆らうことができないのです。

「ドン！」という音は、生と死、希望と絶望、理想と現実が交差するときの音でもあります。母親は馬衣《うまぎぬ》をまとったおじいさんを夢のなかで見ますが、時計の振り子が落ちる大きな音で現実に戻ります。いったん現実に戻ると、もう夢のなかへ逃げることはできません。振り子が落ちる音はとても大きく、それが重いものであることがわかります。しかし、母親はさらに重い振り子を心のなかに背負うことになるのです。

この物語のほとんどの部分は、感情の言葉で表現されています。しかし、以下の三つの文章には感情的なものが入っていません。

――おじいさんには暖かい場所が必要だったのです。

――おじいさんは変なうなずき方をしました。それは、「いいえ」ともとれるような「はい」でした。

――時計の大きな振り子が「ドン！」と大きな音を立てて床に落ち、時計の音はしなくなりました。

時計が破壊された瞬間が命の絶たれたときです。時計も命も、一瞬にして音が消えてしまうのです。そして、すべての感情の言葉も同時に死んでいくのです。

キルケゴールは、「この言語は、近くにあるものを遠く離れた所に見出さない、或いは、ごく近くにあるものを下に深く求める[10]」と言っています。しかし、感情の言葉ははるか彼方にあるのです。私たちが言葉を探しているのか、それとも言葉が私たちを探しているのかはわかりません。そこで、アンデルセンは一番近いものを取りました。居間において時計より近くにあるものは何でしょう。それは二つあります。お母さんがいつも目覚めたときに聞いていたものです。時計のカチカチという音と子どもの寝息です。しかし、今ではそのどちらの音も聞くことができません。

（10）51ページの注（9）と同じ。

5 ユーモア

子どもの会話には、「すごく」や「こんな」という言葉がよく出てきます。そして、子どもの気持ちを第一に考えて物語を書いたアンデルセンも、これらの言葉を物語のなかでよく使いました。以下の台詞は、すべて『小クラウスと大クラウス』から抜き出したものです。

――陽がさんさんと降りそそぎ、すごく気持ちがいいね。

――みんなすごく着飾っているよ。

――彼はすごく楽しみました。

――彼らはすごく怖がっていたよ。

――宿屋の経営者は、すごくたくさんお金をもっていました。

――彼はこんなに長い道のりを歩かなければなりません。

――ワインとお肉とこんなにおいしそうなお魚。

大クラウスが小クラウスの馬を殺したとき、馬は本当に死んでしまいました。そして、そのあと小クラウスはただの荒れた森に行くのではなく、と、っ、て、も、荒れた森に行きます。この「本当に」や「とっても」も子どもがよく使う言葉であり、強調して表現することでユーモアも増しますし、それでいて現実味も感じられます。「本当に〜なんだよ！」と言われると、思わず納得もしてしまいます。

また、子どもにとって大切なことは、物語に出てくる登場人物が何を「好き」で何が「嫌い」かということをはっきりさせることです。

——兵隊さんは気分がよかったのです。

——王さまはそれがお気に入りでした。

——小クラウスはそれが好きでした。

登場人物が願った通りの人生を手に入れるのも、子どもたちの好きな展開です。たとえば、兵隊さんが火打箱を手に入れたことで王女さまを手に入れたように。

ある真夜中に、兵隊さんはどうしても王女様を一目見たくなりました。たった一瞬でも。

そして、感嘆詞や擬音語、擬態語も、子どもたちをひきつける大切な表現方法です。

（1）（B. S. Ingemann）1789〜1862。安心できて楽しい毎日と、魔力の深みの間にある魂に関する循環を扱った著書を残す。

――おぉ！　このイヌの目はティーカップほどもあります。
――うわっ！　そのイヌの目は水車ほどもあります。
――うわぁ！　すごい！　そのイヌの目はラウンドタワーくらいあります！
――彼がポンッと火をつけるとイヌが現れました。
――あらまぁ、靴屋の男の子じゃないの！
――三匹のイヌはダンスをしながら、「おめでとう！」と叫びました。
――行け！　小クラウスは鞭でピシッとたたきました。
――袋の口を縛って、小川にボチャンと投げ落としました。

アンデルセンは友人のインゲマン(1)へ宛てた手紙に、「自分がもし子どもだとしたらうれしくなるような物語をつくってきた」と綴っています。おわかりでしょう。アンデルセンは、これまでに述べたように、表現方法においても子どもたちに喜んでもらえるように工夫をしていたのです。

語り方には二つのタイプがあります。一つは、一歩前に踏み出して語る方法です。そしてもう一つは、逆に一歩後ろに下がって語る方法です。

ラウンドタワー（Rundetårm）。クリスチャン4世が天文台として建造した石造建築で、円筒形の外観と長さ209メートルの螺旋状のスロープがユニーク。現在は、コペンハーゲンの街が見渡せる展望台として観光客に人気。
住所：Købmagergade52A

『小クラウスと大クラウス』には、大クラウスと小クラウスという二人の男が出てきます。私たちはこの題名を見て、話の中心人物がこの二人だということがわかります。そして、実際の二人のやりとりのなかで主導権を握っているのが大クラウスであるため、主要人物は大クラウスだと思ってしまいがちです。しかし、実は、小クラウスこそがこの物語の中心人物なのです。

さぁ、この二人に一体何が起こったのでしょうか？　これは、本当にあったお話です。

『小クラウスと大クラウス』の語り手は、一歩前に踏み出して、聞き手をまるっきり非現実の世界へ引き込むように語り聞かせていきます。物語のなかで非現実の話をしているのが語り手ではなく、我慢強くてタフな小クラウスだということを覚えておいてください。

一方、『火打箱』の語り手は、一歩後ろに下がって話をします。『火打箱』では、聞き手は非現実だけではなく、現実も織り交ぜられた物語の世界に足を踏み入れることになります。ですから、話の合間合間には現実の話として納得できる内容がいくつも盛り込まれています。たとえば、以下のような表現です。

――兵隊さんはお金がなくなってしまったため、小さな屋根裏部屋に引っ越さなければならず、そこでは古いブーツを自分で拭き、かがり針で繕わなければなりませんでした。

――女中は長靴を履き、イヌのあとを追いかけてドアにバツ印をつけました。そして、家に帰って休みました。

――皮のエプロンをして、スリッパを履いた靴の見習い職人の男の子。

このように『火打箱』では、語り手は現実の内容として理解できる話も聞かせるのです。アンデルセンの物語に対して投げかけられた最初の批判は、「彼の作品は反道徳的だ」というものでした。彼の物語は、古い時代から伝わる民話や語り継がれてきたものを元にして書いたものですが、やはり私も何となく反道徳的なものを感じてしまいます。大クラウスの言動などは、そのよい例と言えるかもしれません。

小クラウスは大クラウスを次々と騙していきますが、決して大クラウスに「ああしろ、こうしろ」と命令したわけではありません。大クラウスが小クラウスの話を聞いて、勝手に行動しただけなのです。もし、普通の人が自分の死んだおばあさんを売ったという話を聞けば、口々にその人はモラルのかけらもない人間だと言うでしょう。しかし、大クラウスは自身がモラルのない人間だったため、小クラウスの話を聞いてもそれを非難することはありませんでした。

大クラウスは、お金があると聞けばどこへでも駆けつけます。彼は、自分のほうが権力をもっているという事実だけでは物足りず、小クラウスのように、すべての生き物を従わせるような力を求めました。この大クラウスの物欲は、馬に関する二人の会話からもうかがえます。

小クラウスが大クラウスの四頭の馬を借りて畑を耕している場面を見てみましょう。

「さぁ、お馬さんたち行くよ！」

小クラウスは、楽しそうに馬にムチを当てました。それを聞いた大クラウスは、「それは違うだろう。なんで〝たち〟を付けるんだ！　おまえは一頭しか馬をもっていないじゃないか！」と言いました。

しかし、そう言われたことも忘れて、教会の横を通りすぎたときにまた小クラウスは、「さぁ、お馬さんたち！」と言ってしまいました。

「あぁ、もう本当にやめておくれ！　次に言ったら、おまえの馬の頭をたたいて殺してしまうぞ！」と、大クラウスがまた文句を言いました。

「わかった。もう言わないよ！」と、小クラウスはしぶしぶ答えました。

しかし、向こうから来た人とすれ違い、挨拶をすると、なんとなく五頭くらいの馬をもっているようないい気分になってしまい、またもや「さぁ、お馬さんたち！」と言ってしまうのでした。

大クラウスは「もう我慢できない！　おまえの馬をたたき殺してやる！」と言い、木槌をつかむと小クラウスの馬の頭をたたいて殺してしまいました。

このように、お金に目がない大クラウスは完全に不合理な復讐を企てるのです。しかし、いくら妬んで相手を痛めつけても、自分は決して幸せにはなれません。いつも他人と自分を比較している者は、自分を見失っているものです。

お金持ちで権力のある大クラウスでしたが、小クラウスがそれを羨ましがることはありませんでした。なぜなら、大クラウスは常に嫉妬と悪意に満ちていて、あらゆる意味で不自由だったからです。小クラウスは大クラウスのような嫉妬心はもっていなかったので、常に賢い行動ができました。まさに、古くから言い伝えられているように、「笑うかどには福来たる」です。

小クラウスは死んだ馬の皮を売るために市場まで行きますが、その途中、危険な森のなかで一夜を明かす場所を探さなくてはなりませんでした。ある小屋を見つけたのですが、そこに住む女性は「ここには泊めてあげられないよ。うちの旦那がいないときは誰もなかに入れてはいけないんだ」と言って、小クラウスを追い返しました。

ところが、実は彼女はウソをついていたのです。旦那さんが留守のときを見計らって牧師を家のなかに入れていたのです。断られた小クラウスは、仕方なくその隣のわらぶき屋根の家の屋根裏で一晩を過ごすことにしました。

「あそこなら上がって眠れる！　あそこならコウノトリの巣があるから、わざわざ飛んできて足を突っつくこともないだろう」と、屋根を見上げながら小クラウスは言いました。

「コウノトリが飛んできて小クラウスの足を突っつく」という部分は、もともとの民話にはありません。この部分は、アンデルセンが考え出したものです。アンデルセンは、コウノトリを異常に怖がっていました。彼は、繁殖期のコウノトリの怖さを知っていたのです。コウノトリにかぎらず、彼はよく怯えていました。

アンデルセンは日記に、「二〇歳になりたての夜に一人でフレデリクスボー城へ行った」と書いています。そして、「お城のなかで急にパニックに陥ってしまった」と続けています。彼は、大ホールの肖像画が動き出して襲いかかってくるのではないかと思ったのです。その夜、アンデルセンは恐怖で動けなくなってしまいました。

〜　肖像画がやって来て何かされると思うと、私はなんとも変な気分になりました。　〜

フレデリクスボー城（Frederiksborg Slot）。もともと貴族の館だった建物をフレデリク２世が城として改築。現在は、国立歴史博物館として公開されています。
住所：Hillerød 3400

死者たちは、私が幽霊を見ると、あまりの怖さに死んでしまうことを知っているのでしょう。もちろん、幽霊は私の前に姿を現しません。私に恐怖を与える彼らの行為は、ぞっとするくらい意地悪で愚かなことです。そして、その事実は私に勇気を与えてくれました。

コウノトリが飛んできて小クラウスの足を突っつくという場面は怖い感じがしますが、話をおもしろくするには、ときにはスリルも必要なのです。

聞き手は語り手の話を耳で聞くと同時に、目ではコウノトリの様子を追っています。そして、屋根の上からは牧師に尽くす奥さんの様子を見ています。

小クラウスの目線で聞き手が映像を見ているということは、「農家の奥さんと牧師がテーブルについています。ほかには誰もいません」という文章からも明らかです。この文章から、屋根裏にいる小クラウスには家のなかの様子が完全に見えているということがわかります。

ここから、語りの視点はアンデルセンに変わります。

あぁ、なんておいしそうなケーキなんでしょう！　まるでパーティーの料理です！

スリルを求める聞き手は、ここで誰か邪魔者が入ることを期待してしまいます。

家のなかにいる二人は、楽そうなひとときを過ごしています。すると、突然、旦那さんが戻ってきてしまいました。牧師は、急いで大きな箱のなかに隠れようとします。

語り手は、その様子をユーモアたっぷりに語らなければなりません。もし、旦那さんが牧師の姿を見たらひとたまりもないだろうと想像させるように語るのです。

奥さんは、牧師に箱のなかに隠れるよう言いました。そして、彼は言われたように箱のなかに隠れました。

これは、あくまで二人の関係を旦那さんに気づかれないためです。決して、牧師を見ると気がおかしくなってしまうという病気をもっている旦那さんを気遣ってやったことではありません。

帰宅した旦那さんは、小クラウスを家のなかに入れてあげます。奥さんは、旦那さんと小クラウスのためにおいしそうな料理やケーキを用意しました。ワインを飲んで上機嫌になった旦那さんは、突然、小クラウスに向かって悪魔が見たいと言いだしました。そして、もし悪魔を見せてくれたら、お返しに小クラウスと農民たちの願いを叶えてあげようと言いました。

「悪魔なんてものは、醜いから見る価値はないですよ」

「悪魔がどんな外見でも、まったく怖くはない」

「知ってますか。悪魔の外見は牧師にそっくりなんですよ」

「はぁ！　それは本当に憎らしい！　俺は牧師を見ると気がおかしくなるんだ！　だが、こっちも悪魔だってことがわかってるから平気だ！」

そこで小クラウスは、牧師が隠れている箱のふたを開けてみせました。そして、こう言います。

「この悪魔はただ座っているだけですが、逃げだすといけないからふたはしっかりとしておかないといけませんよ」

これは、上等の喜劇です。旦那さんは牧師を見ると気がおかしくなってしまう病気をもっているのに、箱のなかの牧師を見ても平気でした。それは、旦那さんがそこにいる牧師を悪魔だと思っているからです。

キルケゴールは、「笑い」に関する四つのモデルを打ち立てました。実は、これらのモデルはすべて『小クラウスと大クラウス』に当てはまるのです。キルケゴールの話をもち出すと少し難しく聞こえるかもしれませんが、アンデルセンの物語のなかだと非常にわかりやすくなります。では、キルケゴールが提唱する「笑い」の四つのモデルを紹介しましょう。

❶それ自体笑うべきではないものが笑うべきものを可笑しいものにする。(1)

四頭の馬を殺すことは決しておかしなことではありませんが、それらの馬の皮を売りさばいてお金持ちになるために殺すとなると、その行為は途端におかしなことになります。おばあさんを殺すのはバカげたことではありませんが、死んだおばあさんを薬剤師に売ろうとすればたちまちバカげたことになります。さらに、薬剤師がお金の口座のことなどを真剣に話しはじめようものなら、よりバカげた話になります。

大クラウスが、薬剤師に死体を買わないかと交渉しています。
「その死体は誰だ？　どこで手に入れたんだ？」と聞かれました。
「これは私の祖母です！　お金にするために祖母を殺しました！」

(1) ❶〜❹の見出しは、創元社『キルケゴール著作全集』第7巻、大谷長訳、1988年、292〜293ページより引用。

❷笑うべきものがそれ自体笑うべきでないものを可笑しくする。

大クラウスは小クラウスに、小川に投げだされたくなければ殴ると言いました。つまり、溺れなかったら殴ると脅しているのです。なんともおかしな発想です。『小クラウスと大クラウス』では、二人の登場人物が殺されています。そのうちの一人は牛飼いで、小クラウスと勘違いした大クラウスが、袋のなかでじたばたしている彼を小川に投げ捨ててしまうのです。もう一人は大クラウスのおばあさんです。しかし、彼のおばあさんが死んだときは、悲しみではなく皮肉が感じられます。なぜなら、彼女はすでに年老いており、しかも、少し前には小クラウスのおばあさんも亡くなっているからです。もし、大クラウスが殺したのが彼のおばあさんではなく小クラウスの四人の子どもだったとしたら、聞き手は席を立ってしまい、お話はすぐにストップしてしまうでしょう。

❸笑うべきものと笑うべきものが相互に相手を可笑しいものにする。

居酒屋の主人は、まるでペッパーやパイプタバコのようにカッカしやすい人物でした。ですから、本当なら彼はお客である小クラウスのおばあさんにサービスをしなければならないのですが、何度声をかけても返事をしない彼女にしびれを切らして、ビール瓶を投げつけてしまいました。実は、おばあさんはすでに死んでいたのですが、居酒屋の主人は彼女が耳が遠いのだと勘違いしたのです。

「息子さんが頼まれたノンアルコールのお酒を持ってきましたよ！」と、主人は車のなかに座っているおばあさんに言いました。すでに死んでいるおばあさんは何も答えないので、彼は同じことをもう一度叫びました。そして、四回叫んだところで彼は持ってきたお酒のビンをおばあさんの顔面に向けて投げつけました。すると、お酒はおばあさんの鼻にかかり、おばあさんは後ろに倒れました。

小クラウスは、おばあさんを殺したと主人に責め寄りました。

「これは事故だよ！　すべては俺のカッカする性格のせいなんだ！　でも、俺が悪かったのは認めるよ。お金をあげるし、俺のおばあさんだと思って心を込めてお葬式を出そう」

結局、居酒屋の主人は自分を人殺しだと認め、罪滅ぼしとしてきちんとしたお葬式を出すと約束しました。

❹それ自体笑うべきでないものとそれ自体笑うべきでないものがその関係によって可笑しいものになる。

大クラウスが小クラウスを小川に溺れ死にさせようと、袋に彼を入れてヨロヨロと歩いていきます。途中、教会の前を通ると、そこから素敵な音楽が聞こえてきました。オルガンと人の歌声です。大クラウスは小クラウスの入った袋を教会のドアの前に下ろして、音楽を聴きに教会に入りました。小川に行く前にちょっと寄り道をして、賛美歌を聴くのも悪くないと思ったのです。

小クラウスは大クラウスのいなくなった隙に、偶然通りかかった、天国へ行きたいと言っている牛飼いのおじいさんを自分の代わりに袋に入れました。戻ってきた大クラウスは、袋が軽くなったことに気づきます。牛飼いは小クラウスよりも軽かったのです。しかし、大クラウスは、軽く感じるのは自分が賛美歌を聴いたからだと思いました。

重いものが軽くなるなんて、そんなおかしなことはありません。よく私たちは、教会に行くと心のなかがすっきりすると言いますが、このときの大クラウスもこれと同じことを感じたのです。しかし、よく考えてください。人殺しをしようと思っている悪者が、教会の賛美歌で気分がよくなるというのは滑稽以外の何ものでもありません。

大クラウスが賛美歌を聴いたおかげで荷物が軽くなったのだと思い込んでいるところは笑えます。また、人殺しをするつもりの人間が、途中教会に寄り道をしているのもおかしな話です。普通は、何か悪いことをしたあとに教会で懺悔をするものですが、大クラウスは懺悔をしたおかげで自分の荷物が軽くなったと勘違いしているのです。

キルケゴールは、「ユーモアとは宗教の未知の領域である」と言っています。たしかに、ユーモアと宗教は、「一時的」と「永遠」のようにまったく正反対のものです。

もし私が、一週間のうちの一時間を永遠のために使っているとすれば、これはばかげたことと言えます。それに、もし私があまりにも幸せなので修道院で一生を送りたいと言いだせば、これもおかしなことだと言われるでしょう。永遠というのは、私にとっては重荷なのです。だって、私は水を飲みますし、干しタラも食べるのですから。

ホルベアは、人々の信心深さはその人の弱さからくると言っています。そして、その人の弱さから生じる信心深さとばかげたことを結びつけることはやってはならないことです。永遠とは、まじめなことでありながらそのようには見えないものなのです。


『小クラウスと大クラウス』には、聞き手が同感するおもしろくて身近な言葉が多々出てきます。この物語は、人々の生活に密接しているのです。あるときは大クラウスの生活であり、またあるときは農民の生活、そして牧師、居酒屋の主人、牛飼いの生活が描かれています。そして、忘れてはならないのは、その内容を語っているのが小クラウスとアンデルセンだということです。

袋を小川に投げ捨てた大クラウスは、小クラウスが死んだものだと思い込んでいました。

大クラウスは家路に就きました。しかし、道が交わっている所で、なんと死んだはずの小クラウスに出くわしたのです。しかも、小クラウスはたくさんの牛を連れて歩いていたのです。

「なんでだ⁉　さっき、お前を小川に沈めたはずだが？」

するとと、小クラウスはこう言います。

「うん。ほんの三〇分くらい前に小川に沈められたよ！」

大クラウスは沈めたことを確信していましたし、小クラウス自身も肯定しています。多くの人が、「では、どうやって生き延びたのか？」と聞きたくなるでしょう。しかし、嫉妬深い大クラウスは、小クラウスがなぜ生きているのかということよりも、なぜそんなにたくさんの牛を手にしているのかということのほうが気になりました。そして、小クラウスが生き延びていることには一言も触れず、これまでもお金に対して執着していたように、たくさんの牛を連れていることに対して嫉妬をしはじめました。

「そんなにたくさんの牛をどうしたんだ？」と、大クラウスは聞きました。

「これは水牛だよ！　僕を沈めてくれて本当にありがとう。おかげで、こんなにお金持ちになれて、すごく感謝しているよ！」

自分を殺そうとした相手に感謝するなんて何だか変な話です。しかも、とても礼儀正しい言葉でお礼を言っているのです。

「あの袋に入れられているときは本当に怖かった。橋から冷たい小川に落とされたときは、風がピューピュー聞こえて。すぐに小川の底まで沈んだけど、底にはたっぷり育った水草があって流されることはなかったよ。そして、袋のヒモがほどけたんだ。すると、緑色の冠をかぶって真っ白な服を着た女の人が僕の手をとって、『あなたが小クラウスさんですね。あなたに牛をあげましょう。地上に上がって、少し歩くと私からのプレゼントがありますよ』と言ったんだ。周りを見ると、そこは海の民たちのための大きな道があって、それが陸地まで延びているんだよ。そこはとても素敵な場所で、花や草がキラキラしていて、魚もまるで陸の鳥みたいに歌っているし、なんとも見事なものだったね」

この「いたずら好き」の小クラウスがここでは物語の語り手です。しかも、彼はとてもいい語り手です。彼の語りに、思わず小川の底の様子を頭のなかに描いてしまうほどです。この描写のうまさは、『人魚姫』にも通じるところがあります。

人魚姫の像（Den lille Havfrue）。下半身は魚のはずですが、モデルの足があまりに美しかったため、足首近くまで人間のままにしたと言われています。
（写真提供：大塚絢子）

海をはるか沖へ出ますと、水は一番美しいヤグルマソウの花びらのように青く、このうえなくすんだガラスのようにすんでいます。ところが、その深いことといったら、どんなに長い、いかりづなでもとどかないくらい深くて、教会の塔をいくつも、いくつも積み重ねて、ようやく水の上までとどくほどです。このような深い海の底に、人魚たちは住んでいるのです。

さて、海の底は、なにも生えていないで、ただ白い砂地だけだろう、などと思ってはいけませんよ。いいえ、そこには、それは珍しい木や草が生えているのです。その茎や葉のなよなよしていることは、水がほんのすこし動いても、まるで生きもののように、ゆらゆら動くのです。そして、小さいのや大きいのや、ありとあらゆる魚がその枝のあいだをすいすいとすべって行きます。それはちょうど、この地上で、鳥が空を飛びまわっているのと同じです。(2)

小クラウスは、物事をまるで真実であるかのように見せる技をもっています。彼はありもしないことを、あたかもありそうに描写することができる賢い人なのです。ですから、語り手も、自分がいたずら好きの小クラウスになった気持ちで上手に彼の語りを表現しなければいけません。ただ、注意しなければならないのは、あまりにも非現実的な表現ばかりだと聞き手が不信感をもってしまうという危険性が出てくるということです。下手をすると、「こ

(2)『完訳アンデルセン童話集(1)』大畑末吉訳、岩波文庫、1984年、119～120ページより引用。

れは本当にあったお話です」という台詞も、話を余計に疑わしいものにしてしまうでしょう。

最初に、語り方には二つのタイプがあると言いました。一つは、現実と非現実を組み合わせながら一歩後ろに下がって語る方法で、これに代表されるのが『火打箱』です。もう一つは、ウソであっても、あたかも本当のことであるかのように一歩前に踏み出して話す方法です。このよい例が『小クラウスと大クラウス』です。

『火打箱』のお話では、「魔女」や「巨大な目をもったイヌ」といった現実ではありえないキャラクターも出てきますが、「長靴をはいた女中」とか、「スリッパをはいた靴の見習い職人」といった現実的な人物も登場します。一方、『小クラウスと大クラウス』は、小クラウスが生み出す非現実的なユーモアの物語です。しかし、天の小道、水牛、鬼など、彼のお話に出てくるものを手放しで信じてしまうのは危険です。これらの非現実的な内容は、あくまで雰囲気を感じるためだけのものなのです。では、聞き手は一体どうすればいいのでしょうか？

まず『火打箱』では、非現実も信じてみましょう。もし、兵隊さんが「魔女やそんなに巨大な目をもったイヌなんているわけない」と言い切ってしまったらおしまいです。彼が非現実を受け入れていなかったら、お金も火打箱も手に入れていなかったでしょう。実際にありえないことを信じることで、兵隊さんだけでなく聞き手のみなさんも成功することができるのです。

『小クラウスと大クラウス』では、語り手を信じることがカギとなります。この物語の聞き手は、ばかげた話を信じる愚か者を笑うことになりますが、ばかげた話であっても、もし聞き手がそれを信じようとすれば、語り手側も「これは本当のお話ですよ。聞いてみましょう」というふうに、前へ一歩踏みだした語り方ができます。しかし、聞き手が語り手を最初から信じていない場合はどうでしょうか。語り手がこの話は真実であると言ったにもかかわらず聞き手を欺いたとき、聞き手は語り手の話を信じること自体ばかばかしいと思ってしまうのです。私たちは、小クラウスのでたらめな話を信じる大クラウスを本当に愚かだと思い、笑ってしまいます。しかし、もしこれが最初からウソの話であるという前提のもとに聞いた話ならば、愚かなのは大クラウスではなく私たちになるでしょう。

では、一体どんな楽しみ方がいいのでしょうか。その答えは、小クラウスの語りのなかに隠されています。彼は「ユーモアの語り方」を見つけました。彼が語るトリック（ウソ）は完璧です。そのウソの物語に含まれるさまざまな細かい描写は、ただ「ありそうなもの」というだけではなく、きわめて真実に近いものなのです。

6　夢見た本当と、本当の夢

ある日、劇場で四つの物語が語られました。そして、最後に語られたのは『小さいイーダの花』というお話で、それはほかの三つの物語とは語調も目的も構成もまったく違うものでした。子どもたちの反応も、最初の三つのお話のときと『小さいイーダの花』のときとではまったく違うものとなりました。このことからも察っせられるように、子どもというのは言葉のスタイルやユーモアなどに本当に敏感に反応します。

子どもたちを物語に引き込むためには、子どもたちの視点に立った表現や描写が重要になってきます。たとえば『火打箱』にも、子どものことを考慮した表現があります。

「おぉ！　すごいお金だ！　これでケーキ屋の砂糖でできたブタ、兵隊、クリーム、木馬が買えるぞ！　あぁ、本物のお金だ！」

兵隊さんは、空いたポケットやリュック、帽子、ブーツのなかに溢れんばかりのお金を詰め込みました。あまりの重さに少しずつしか歩けません！　もうお金持ちです！

実際、兵隊さんは砂糖でできたブタやクリームなどを買うつもりはありません。しかし、ここでは、子どもたちの好きな砂糖菓子を出すことで、お金を手に入れたときのうれしさを共有できるように工夫しているのです。つまり、アンデルセンは、お金に対して夢をもつということは決して悪いことではないということを子どもたちに伝えたかったのです。そして、彼らに「本物のお金持ちになった」ことを実感してもらいたかったのです。

ほかにも、アンデルセンの物語には子どもたちが物語に入り込みやすい工夫があらゆるところでされています。とくに『小さいイーダの花』では、聞き手は話のなかにグイッと引き込まれることになります。なぜなら、語り手と子どもたちは同じ場所にいるからです。

「かわいそうに。私のお花は死んでしまうのね！」と、小さいイーダは言います。ここでは、子どもたち自らが想像のなかでお花の埋葬をしているのです。

「昨日の夜までは元気だったのに、今は全部の葉っぱが下に垂れて死んじゃった。どうしてこうなっちゃったの？」と、イーダはソファに腰掛けていた学生さんに聞きました。小さいイーダは、この学生さんのことが大好きでした。

チボリ公園（Tivoli）内の劇場で行われているパントマイム。コペンハーゲン中央駅に隣接するチボリ公園は総面積８万5,000㎡の広大なアミューズメント・パーク。
住所：Vesterbrogade 3

それにしても、アンデルセンが後半になって書いた物語には、「どうして?」や疑問文ではじまるものが多いように感じます。

——皇帝の馬は金色の靴をもっています。四本足のそれぞれに、金色の靴をもっているのです。どのようにして、馬はこの靴を手に入れたのでしょう? (『コガネムシ』より)

——どこから歴史は始まるのでしょう? 知りたいと思いませんか? (『歯痛おばさん』より)

——コペンハーゲンには「ヒュスケンストレーデ (Hyskenstraede)」という変な名前の道があります。どうして、このような名前なのでしょう? どんな意味があるのでしょう? (『独り者のナイトキャップ』より)

——家族のみんなは何て言いました? 一番小さいマリーの言うことを聞いてみましょうよ。 (『家族全員が言ったこと』より)

——私は、父からとてもいいものを受け継ぎました。ユーモアです。では、私の父とは誰なのでしょう? (『上きげん』より)

問いに対しては必ず答えがあります。そして、物語の答えはそのお話のなかにあります。『小さいイーダの花』も、イーダが質問をし、学生さんがそれに答えるという場面から物語ははじまります。二人が目で合図し合うところなんかは親しみが漂っています。イーダは学生さんのお話が大好きなので、常にそのための「スペース」を空けているのです。

昔の物語は、誰が誰を好きで、誰を嫌いかということにいつもこだわっていました。たとえば、王様がお姫様を平凡な兵隊と結婚させたくないあまりに塔に閉じ込めてしまうという話や、兵隊さんがとても親切なので、みんなは彼が大好きだったという類のものです。『小さいイーダの花』でも、イーダが学生さんをどう思っているかは明らかです。

小さいイーダは、この学生さんのことが大好きでした。

イーダが学生さんを気に入る理由は私たちにもわかります。なぜなら、彼らは同じ世界を共有しているからです。

彼は世界一すばらしい話を知っていて、話に合わせておもしろい切り絵もつくってくれます。あるものは、ハートのなかでたくさんの小さな婦人たちがダンスをしているものでした。ほかにも、お花やお城をかたどったものがありました。そのお城の門は開けたり閉めたりすることができ

アンデルセンは優れた芸術家でもありました。よくスケッチもしていましたが、とりわけ切り絵からは彼の才能がうかがえます。

ました。なんて陽気な学生さんなんでしょう！

婦人の切り絵をつくっているとき、二人は同時に笑いだしました。なぜなら、二人ともその婦人を知っていたからです。二人は秘密を共有しているのです。そして、その秘密はユーモアでいっぱいなのです。

学生さんはイーダに、「お花は、夕べ舞踏会にダンスをしに行っていたから、今は頭をぐったりさせているんだよ」と語ります。するとイーダは、「お花は、ダンスなんてできないよ！」と言います。

「いや、できるのさ。ぼくたちが寝静まったあと、花たちは毎晩舞踏会を開いているんだよ」

イーダがまた質問をします。

「子どもはその舞踏会に参加できないの？」

学生さんは「できるよ」と答えます。それを聞いたイーダは、嬉しさのあまり飛び跳ねました。そして、少し間をおいて学生さんが言います。

「でもね、舞踏会には決まった子どもしか参加できないんだ」

でも、イーダは落ち込みませんでした。彼女よりもずっと小さな子どもが参加できる舞踏会なんて、どんなにおもしろいものなのでしょうと心が弾みました。

次に二人は、アンデルセンが「ドリル」と呼んだものについて話しました。

「あるところに王様が毎年夏を過ごすお城があって、お花たちはそこに集まるんだよ」と、学生さんが言います。

「王様のお城でダンスをして、誰もお花さんたちに何も言わないの?」と、イーダが聞きます。

「大丈夫。それを見た人はいないから」と学生さんは答えます。

イーダと学生さんは、誰も知らない秘密を共有しているのです。

ときどき鍵の束を持ったお城の管理人がやって来るのですが、お花たちは隠れてしまいます。「なんだか花の匂いがするぞ」と年寄りの管理人は言いますが、彼には何も見えないのです。

クリスチャンスボー城（Christiansborg　Slot）。かつては王室の居城でしたが、現在は王室が来賓をもてなす際に利用するほか、国会議事堂や裁判所などとして使用されています。
住所：Slotsholmen

「おもしろい！」と、イーダは言います。

学生さんの台詞にもユーモアは含まれています。

「もし、お花たちがダンスをしているところに人間が話しかけると、みんなすごい早さで消えてしまうんだ。植物博士だってお花を探すことはできないんだよ」と、学生さんが言いました。

イーダは、「お花はお話しできるの？」と質問しました。

すると学生さんは、「お花は話せないけど、パントマイムができるんだよ」と答えました。

イーダは風が吹いたときに、頷いていたお花を思い出しました。

学生さんの話は続きます。

「あの植物園の博士は、イラクサがカーネーションに近づいたところを見たんだけど、その様子が気に入らなかったんだ。だから、博士はイラクサの葉を殴ったんだよ。すると、博士の指に激痛が走ったんだ。それ以来、博士はイラクサに触らなくなったんだよ」

この話を聞いて、イーダはまた「おもしろい！」と言いました。

彼女は、生きているものすべてを見ています。そして、寝ているときはもちろん、起きているときも夢を見ていて、そこから笑いにつながるユーモアが生まれるのです。

語り手と子どもの間には、ユーモアを理解する「合意」というものがあって、絶対に起こらないような非現実が起こっても誰も違和感を覚えません。イーダと学生さんが共有している秘密も、両者の間に「合意」があって初めて存在するのです。

もちろん、花は話せませんが、パントマイムはできます。みなさんも花が風で体を揺らしている様子や、頭を下げて頷いたり手を振っている姿を見たことがあるでしょう。ここで興味深いのは、花の動きを人間の動きとして表現しているところです。学生さんが、黄色いユリが風で揺れている様子は音楽の先生にそっくりだと言ったのはまさに正しい表現でしょう。たしかに、先生は指揮棒を振るときは、いつも顔が黄色っぽくなって、頭をユラユラさせて頷くのです！　そして、イーダは、黄色いユリが彼女にとても似ていることがおもしろいのです。

学生さんとイーダは、お花がウェイターのように頭を下げることを知っています。そして、花のなかには感受性の豊かなものと、そうでもないものがいることも知っています。また、怠け者もいれば、厳しい見張り役がいることもです。

学生さんが言います。

「もうすぐ、王様と廷臣が街に出かけるよ。するとお花たちは、一斉に原っぱからお城に行って舞踏会を楽しむんだ。ほら、見てごらん！　一番美しい二人のバラが玉座に座っているだろう。あれが、お花の王様とお妃《きさき》様だよ。隣に立っている赤いケイトウの花は給仕係だよ。お辞儀をしているのが見えるだろう。さぁ、キレイなお花たちが入ってきたよ。大きな舞踏会の始まりだ！　青いスミレはたぶん海軍学校の生徒だろうね。彼らは、『お嬢さん』と呼ばれるヒヤシンスやクロッカスとダンスをするんだ。チューリップや黄色のユリは少し年上の女性だよ。彼女たちは、この舞踏会の雰囲気が乱れないように気をつけているんだ」

この物語は、子どものときにやったままごとに似ています。「私がお父さんで、あなたがお母さん、この人形は子どもね」と言った場合、断定と仮定は区別されていません。こういった状況では、人形にも命が与えられるのです。人形が答えないときは、その人形が聞いていなかったことにするのです。お花のお話も同じです。お花が静かなのは、お花が舞踏会に出かけて留守にしているからだと想像するのです。そして、それがイーダと学生さんの秘密なのです。

しかし、イーダはその秘密を守ることができそうにありません。夜寝る時間になるとヒヤシンスとチューリップのところへ行き、「あなたたちが、今晩舞踏会に行くのを知ってるのよ」とささやきます。しかし、お花たちは何も知らないかのように少しも動きません。けれどイーダは、自分は全部承知なんだと自慢げです。

ユーモアには理由も目的もありません。ユーモアは風刺や嘲笑、皮肉、悪意とは違います。風刺や皮肉を聞いたときはその目的や意図を探りたくなりますが、ユーモアにはそもそも目的などないのです。それは余分なものであり、遊びなのです。しかし、ユーモアがないと物語は錆びついてしまいます。たとえば、次のようにユーモアで溢れている話がありますが、そのユーモアには理由なんてものはないのです。


一匹のネズミが言いました。

「ぼくはネズミ捕りにかかっているネズミと友達だから、彼を逃がしてやらないといけないんだ。彼は何も持っていないからね」

そして、最後にこう付け加えます。

「この世界にはモノが少なすぎるんだよ」

この話には、おもしろいポイントが三つあります。一つはネズミがまるで人間のように話をしているということ。二つ目は、最後にネズミが「この世界にはモノが少なすぎる」と結論づけていること。そして三つ目は、「この世界」という言葉をネズミが言っていることです。これはつまり、将来性のない「この世界」に満足なんてできないということでしょうか？

アンデルセンの物語には、ユーモアたっぷりのお話がほかにもたくさんあります。実際に、そのいくつかを見てみましょう。

――そこで、博士はその恐い場所に行ってみようと思いました。その場所ではキリスト教の人々が食べられてしまうことを知っていましたが、彼はキリスト教信者ではなかったし、ノミは人間ではないからその場所へ行っても問題ないと考えたのです」

（『**ノミと博士**』より）

――ボトルネックは、新しい国にやって来ました。

それは、今まで聞いたことのある言葉ではありませんでした。言葉がわからないと、とても損をします。

ボトルネックは二〇年もの間、屋根裏に置かれたままでした。その家が修繕されることがなければ、そのままずっと置かれていたことでしょう。

しかし、ボトルネックには人々の言葉がわかりませんでした。屋根裏に立っていたのでは何も学べるはずありません。

（『**ボトルネック**』より）

——ネズミがフクロウの話をしました。

「私は、とくにフクロウが大嫌いなんです。だって、フクロウはネコのようにネズミを食べるのですから。しかし、私は勘違いをしていました。私の会ったフクロウはとても教養があって、私にいろいろとアドバイスをしてくれたんです。彼女は夜の番人よりいろいろなことを知っていて、私と同じくらいかしこいのです」

（『**ソーセージの串で作ったスープ**』より）

——高飛び選手が「世界中の人々やこの催しを観たいという人全員」を招待しました。

（『**高飛び選手**』より）

——雪の女王がカイに「全世界と新しいスケート靴をあげよう」と言いました。

カラスは、同じカラスと婚約しました。

「カラスが捜し求めている相手はいつでもカラスなんだ」

（『**雪の女王**』より）

――ブタの貯金箱がソファの上のクッションのことを「かわいくて、愚かだ」と言っています。

（『ブタの貯金箱』より）

ここで取り上げたすべての例は、それぞれのキャラクターから湧き出てくるユーモアです。個々のもののなかから沸いてきたオリジナリティのあるユーモアは、いつまでも色あせることがありません。ユーモアは流れ出ることなく、聞いた人のなかに残ります。このように、イーダも学生さんの生み出すユーモアを新鮮かつ愉快なものとして受け止めたのです。

アンデルセンの物語では、モノや動物が言葉を発して人間のように振る舞います。そして、ほとんどの場合、そのような場面のときは日常を描いているときが多いです。

「ドアが歩いています」と言うことで子どもは笑ってくれ、物語自体もふくらんでいきます。「ドアはどこに向かって歩いていったのでしょう?」という文章には、とても親しみがもてます。また、「水をやると花が伸びて、頭を下げてうなずきます」といった表現は、聞いただけでも楽しくなってきます。ユーモアは、日常を描いたときにこそ理解されやすいのです。

物語のなかでは、現実と非現実が言葉のうえで混ざり合っています。しかし、実際、現実の世界と非現実の世界の間には境界線があります。そしてその境界線、つまり現実と非現実の間にあるのが「夢」なのです。『小さいイーダの花』では、物語の最初の部分でイーダの

（1）イースターの前の日曜の40日前。別名、謝肉祭。

（2）ポーランドの民族的な踊り。また、その舞曲。４分の３または８分の３拍子による活発なリズムで、第２あるいは第３拍目を強調する。

夢が描かれています。

イーダが眠りに落ちると、ある夢を見ました。夢のなかで、彼女はお花の舞踏会に参加しています。そこには、彼女が「懺悔の季節[1]」で持っていた木の枝でできたムチも来ていました。枝にはいろいろなお菓子がぶら下がっていて、マズルカ[2]を踊っています。ムチの取っ手の部分には、学者のような格好をした帽子を被った男がついていて、その男がムチに向かって、「子どもに信じ込ませるのですか？」と叫んでいました。

彼女の見る夢は日常生活の残像です。ムチの取っ手についている男の人形の帽子などは、まさに現実の世界を投影したものです。

『旅の仲間』では、同じ夢でも正夢《まさゆめ》や予言が描かれています。ヨハネスは、父の臨終のとき一人の少女の夢を見ます。その少女とは、ヨハネスがのちに出会うことになる王女様なのです。

ヨハネスは眠っている父親の手にキスをしました。そして、固い

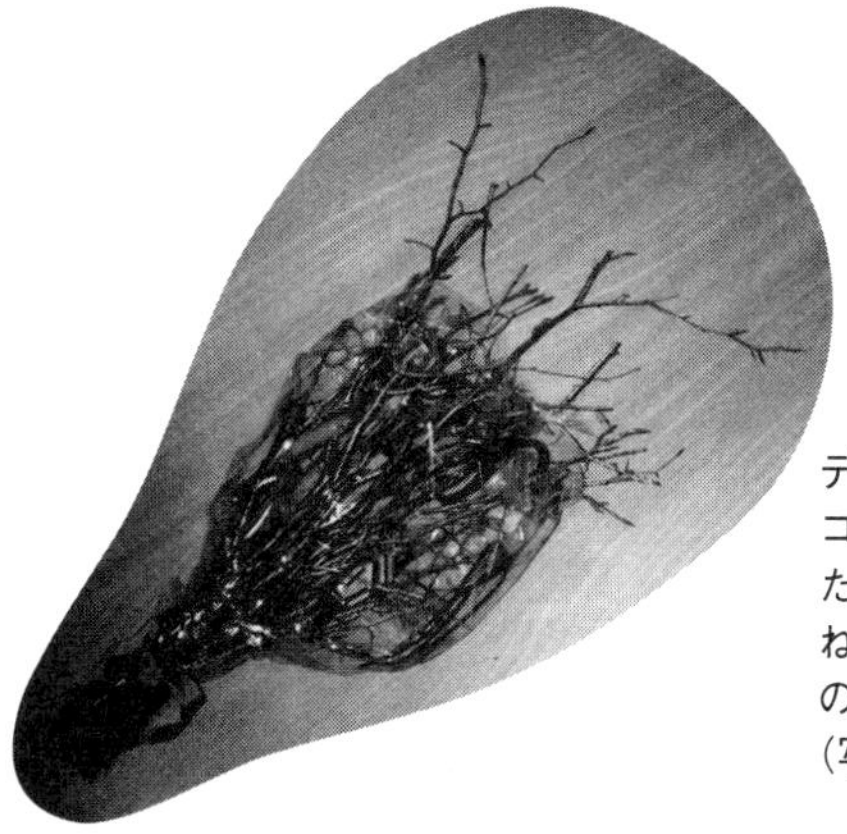

デンマークの懺悔の季節では、昔は黒ネコを樽の中に入れ、それを叩いていましたが、今日は仮装した子どもたちが街をねり歩きます。そして、大人からお菓子のぶら下がった枝をもらいます。
（写真提供：大塚絢子）

ベッドに眠りました。

彼は、奇妙な夢を見ました。太陽と月が彼にお辞儀をするのです。すると、今度は元気になった父親がいつものように笑っています。そして、長い髪の毛で、黄金の冠をかぶった少女がヨハネスに手を差し伸べてきました。父親は、この子がお前の花嫁だよと言いました。その子は、世界一素晴らしいのです。

ところが、現実でのちに出会うことになる王女様は、とても意地悪で民衆から嫌われているのでした。しかし、王女様をその目で見たヨハネスは、感動の気持ちを抑えることができませんでいた。

「彼女はとても素晴らしかった。どんなに彼女が意地悪であったかを忘れてしまうくらい素晴らしかった」

ヨハネスは、その王女様に会ったとき、頭に血が上って顔が真っ赤になりました。言葉も一言しか発せませんでした。彼女は、父親が死んだときに夢に出てきたままのきれいな髪の毛で、立派な黄金の冠をつけていて本当に素敵でした。

ところで、アンデルセン自身は正夢《まさゆめ》や死の予告といったものを信じていたのでしょうか。

彼の日記を見てみましょう。

一八四四年六月二一日金曜日

今朝、ラウンドタワーから人が落ちる夢を見た。その死体を見ようとしたが見えなかった。しかし、一方で私が起こそうとした人は死んでいた！　目が覚めたのは六時過ぎだった。鉄道の旅について考えていた。しかし、出発するべきか、やめるべきか、今日とはまた違う感じになるのか、ここに居残るべきか悩んでしまう。私の大好きなヘンリックのヨーナは私にそっくりだ。さようなら、エドワード、インゲボー、ルイーセ、神よ！

アンデルセンは鉄道の旅について考え、さえぎるものが現れるたびに日記帳を手に取りました。そして、気が楽になるほうをとるのでした。

子どもの見る夢でよくあるのは、イーダのように現実が反映されているパターンです。そして、その夢を実にうまく描いたのが、眠りの精のオーレ・ロックオイェのお話でしょう。

映画やテレビがなかったころ、人々は紙に書くという行為で記録を残していました。そのため、そのころの人々にとって夢は唯一見られる映画のようなもので、おもしろくてドキドキするものだったのです。

『オーレ・ロックオイェ』では、子どもたちが眠っている間に夢を語ってくれるオーレおじさんが出てきます。世界中どこを探しても、彼のようにたくさんのお話を知っている人はいません。彼は、すごくよい語り手でした。

夜、子どもたちがテーブルやイスに座っていると、オーレおじさんがやって来ます。彼は靴下をはいているので、静かに階段を上ってきます。そして、静かにドアを開けます。彼がミルクを飛ばしながら歩くと子どもたちは目を閉じてしまい、彼を見ることができません。彼はゆっくりと歩いて子どもの後ろへ回り、子どもたちの首筋に優しく息を吹きかけるのです。すると、子どもたちは少し頭が重くなります。

でも、別に頭が痛くなるわけではありません。オーレは、ただ子どもたちを安心させようとしているだけなのです。ですから、眠りの精オーレの話を聞くのは、子どもたちがベッドで寝ようとする寸前が一番いいのです。

ヤルマーという男の子は、オーレから七つのお話を聞きました。一週間、毎日聞きました。ヤルマーは七つのお話に親しみを感じました。なぜならそれは、昼間に彼が体験したことだったり、夜の会話で出てきたことだったからです。

月――お手本のアルファベット

火――彼がいつも「入り」たがっていた絵のイメージ
水――夢のなかの雨が洪水と船の夢を引き起こす
木――食料品貯蔵庫に住むネズミ
金――妹の人形
土――日曜日のために時計や星を磨かなければならない夢の神
日――眠りの精オーレのお兄さんでもある死神

それでは、**月曜日**のお話から見ていきましょう。

ヤルマーは、学校では計算が得意ではありません。お手本通りにアルファベットを書くのも苦手です。しかし、みんなが願うように、ヤルマーもうまくなりたいとは思っています。だから、学校がはじまる月曜の朝は必ず学校の夢を見るのです。

「どうしたんだ！」。眠りの精のオーレは、そう言って机の引き出しを開けました。そこには石板がありました。計算を間違った数字が入ってきたため、石板の上で文字たちがぶつかり合って、今にも落ちそうになっていました。隣では、ひものついた石筆が子イヌのように飛んだり跳ねたりしています。子イヌはこの計算を手助けしようとしているのですが、どうやらできそうにもありません。

するとと今度は、ヤルマーのノートのほうから聞くに耐えないうめき声が聞こえてきました。ノートには、すべてのページに大きな文字と小さな文字がずらりと並んでいました。これらはお手本の文字です。そして、その近くには、そのお手本の文字にそっくりだと思い込んでいる文字が書かれています。ヤルマーの文字です。それらは、まるでつまずいて横に倒れたように見えます。

眠りの精のオーレは、お手本と同じになるようにヤルマーの文字を直そうと必死になりますが、「そうなりたいんだけどね、なれないんだ。僕たちは下手すぎるんだよ！」と文字は言うのです。結局、夢のなかでは文字をうまく直しますが、次の日にヤルマーがノートを見るとやっぱり文字は元の汚ないままで、ヤルマーは惨めな思いをするのです。

ここに出てくる「下手」と「惨め」という言葉は、二つのとらえ方ができます。先生が下手で惨めだと言うときは批判の意味が込められていますが、アルファベットが自分で自分を下手で惨めだと言うときは言い訳の意味を含んでいます。しかし、アルファベットにとってはそれが病気だから治しようがないのです。

月曜の夢は、ヤルマーにとってはもっとも深い意味をもっています。子どもは文字の練習をするとき、枠をはみだしたりしてしまってお手本通りに書くのに苦労をします。アルファベットを書く夢は、子どもたちの性格によって大きく変わってくるでしょう。もし、その子どもが自発的な子どもであれば、お手本通りに文字を書くという夢は見ないでしょう。むしろ、自分の好きなように文字を書く夢を見るでしょう。しかし、自分の字は下手で惨めだと思っている子どもは、大人の期待にこたえたいとお手本通りの文字を書こうとする夢を見るのです。

子どもたちのなかで、自分の好きなように書きたいという気持ちと、お手本通りに書きたいという気持ちは衝突し合います。そして、眠りの精のオーレのお話のなかにそれらは現れるのです。前者は、遊び、ファンタジー、自由を表し、後者は規則、父親、母親、学校を象徴しています。つまり、子どもというものは自由と規制の間に挟まれているのです。

火曜日、ヤルマーはこんな夢を見ました。夢のなかでヤルマーは、居間のタンスの上に飾ってある絵のところへ行きます。

眠りの精のオーレは、居間にかかっている絵のところへヤルマーを連れてきました。すると、絵のなかにいた鳥が歌いだし、木々の枝が動きだし、影がなくなりはじめました。影が、田舎の風景のほうへ行ったのが見えます。

ヤルマーはよく居間に座って、影や木や鳥が描かれた絵に見入っていました。絵の前に連れてこられたヤルマーは、すぐに足を伸ばして、今度は絵のなかの原っぱに立ちました。すべては、夢のなかのお話です。

夢と語り手のお話は、ともに同じようなものであると言えます。イーダの物語でも見られたように、その関係はとても近いものです。

ヤルマーは絵のなかのボートに乗り、素敵な船旅をしました。そして、船旅の途中でヤルマーはすごく物語的なことを体験しました。彼は、お姫様たちに出会ったのです。

「みんなとても小さいんだ」。ヤルマーは、以前その子たちと遊んだことがあったので、覚えていました。彼女たちが差し伸べた手には砂糖菓子が握られていました。ヤルマーはその砂糖菓子を船でわたる途中に取ろうとしましたが、女の子がギュッと握っていたのでお菓子は折れてしまい、全部を取ることができませんでした。しかし、彼女の手に残ったのは小さなかけらで、ヤルマーが取ったのはもっとも一番大きなかけらでした。

最後の文章でポイントとなるのは、「もっとも一番大きな」という部分です。子どもというものは勝ち誇りたいのです。だから、「もっとも大きな」だけでは納得しないのです。そして、もう一つ抑えておきたいポイントは、夢に出てくるものは食べ物で、しかも甘いものだということです。甘いものの夢は続きます。

どのお城にも、王子様が見張りで立っています。そして、黄金の剣を振っては、レーズンとすずの兵隊さんを空から降らせるのです。これこそ、本物の王子様です！

そして、お菓子の夢はお手伝いさんの内容に引き継がれます。

そのお手伝いさんは、彼がまだ本当に小さかったころにお世話をしていた人で、彼のことをすごくかわいがってくれた人です。

お菓子の夢が、かつて彼をかわいがっていたお手伝いさんの夢へとつながるのには理由があります。彼らは、お互いを「sweetie」と呼び合っていたのです。

これを、フロイト(3)と関連させて考えてみましょう。現代の子どもたちは、お菓子の過剰消費によって安心感を以前より得られなくなってしまっていると決めつけるのはよくありません。食事をとらなければならないと強迫観念にとらわれることは、他者の唇や肌への接触が少ないことを示し、派手に飾ることは母親や乳母、そして娘の愛情が足りないことを意味しているのです。

子どもは生まれたとき、母親のおっぱいを口に含むことで最初の喜びを知ります。そして、次に口で感じる喜びは幼少時代に食べるお菓子となります。つまり、夢のなかに出てくるお

（3）Sigmund Freud（1856～1939）オーストリアの精神医学者。精神分析の創始者。自由連想法を主とした独自の神経症治療を創始し、無意識の過程と性的衝動を重視した精神分析学を確立。著書に『夢判断』『精神分析入門』などがある。

菓子は、ヤルマーが昏で覚えていた幼少時代の象徴なのです。夢はその人の欲望を映しだすものという考えが正しければ、ヤルマーはお手伝いさんとのスキンシップを懐かしんでいたのかもしれません。お手伝いさんは、いつしか自分でつくってヤルマーのところへ送った詩を歌いました。

かわいいヤルマー
あなたのことをどうして忘れられるかしら
あなたの口やおでこ、赤いほっぺにキスしたことも

水曜日もヤルマーは夢を見ます。今度は船に乗る夢です。夢は、窓の外で雨音が聞こえるという設定で始まります。

「あぁ！　すごい雨が降ってる！」
ヤルマーは寝ているのに、その音がしっかりと聞こえます。オーレが窓を開けると、そこには立派な船がありました。
「一緒に乗るか？　ヤルマー！　そうすれば、夜中には未知の国に着いて、明日の朝にはまたここへ戻ってこられるぞ！」と、オーレが言います。

ヤルマーは船に乗り込みました。

これが、夢のなかで体験する旅のすばらしさです。なぜなら、往復切符が簡単に手に入るのですから！　そして、夢にはすべてつながりがあります。雨は海を、海は船を、船は旅を、そして旅はコウノトリを連想させます。

船に乗ってしばらくしても島は見えてきません。そこに、コウノトリの群が見えてきました。彼らも暖かい南の国へと移動しているのです。

船の上には鳥小屋がありました。そのなかには、ニワトリ、アヒル、七面鳥が一緒に入れられていました。そこへ、群れからはぐれた一羽のコウノトリが、船員の手によって押し込められてしまいました。かわいそうなコウノトリは、彼らの間でオドオドしながら立っています。

鳥小屋のなかには、インターナショナルな理解などまったくありません。よそ者はあくまでよそ者なのです。

「ガーガー！　おまえをたたくぞ！」と、アヒルが言いました。

コウノトリは、暖かい南の国アフリカの話をしました。ピラミッドや野生の馬のごとく砂漠を走るダチョウの話をしますが、アヒルにはまったく理解することができませんでした。彼らは小突き合ってこう言いました。

「あいつをバカってことにしようぜ！」

「そうだ、そうしよう。あいつはバカなんだ！」と、雄の七面鳥も言いはじめました。

するとコウノトリは黙って、一人アフリカのことを思いました。

「あら、なんて素敵な細い足！　二フィートでおいくら？」と、七面鳥が言いました。

これを聞いたアヒルが笑いましたが、コウノトリは何も聞こえない振りをしました。

「君も一緒に笑ったらどうだい！」と、七面鳥がコウノトリに言いました。

「しゃれた言い方じゃないか。それとも君にはレベルが低すぎたかな？　なんとも融通のきかないやつだな。こいつのことなんかほっといて、おれたちだけで楽しもうぜ！」

このようなイジメは、アンデルセン物語ではよく見られます。めずらしいコウノトリはいじめられるのです。「めずらしい」という単語は、英語の「strange」を考えるとわかるのですが、「特別な」とか「独特の」、「違いのある」というふうに解釈されます。そして、いじめられる側は、見知らぬ世界で軽蔑する相手を理解しようとしつつも想像のなかでは残虐な行為をしてしまいます。その結果、大打撃を受けるであろう恐怖感を目覚めさせてしまうのです。

ヤルマーは鳥小屋へ行ってドアを開け、コウノトリを呼びました。すると、コウノトリは彼のもとへやって来て、まるで感謝をするように頭を下げました。そして、羽を広げて南の国へ飛んでいきました。ニワトリはコッコと鳴き、アヒルはガーガーと鳴き、雄の七面鳥はあいかわらず頭の上を赤くしていました。

夢のなかで、ヤルマーはコウノトリを助けます。この自発的な行為は、ヤルマーの成長を表しているのです。そして、この夢のテーマでもある旅立ちという内容は、ヤルマーがいつの日か実家から独り立ちする日を予期させているのです。

木曜日は、ネズミの結婚披露宴の夢でした。おそらく、ヤルマーは潜在意識のなかで何かひっかくような小さな音を聞いて、それが地下の食品貯蔵室にいるネズミへとつながったのでしょう。

ヤルマーはオーレに、地下貯蔵庫で行われるネズミの結婚披露宴に来ないかと誘われました。

「どうやって、ネズミが通る小さな穴を通り抜けるの？」と、ヤルマーは聞きました。

「それなら、任せなさい！　私が君を小さくしてあげるよ！」

そう言うと、オーレは魔法の水鉄砲をヤルマーに向け、彼に魔法をかけました。すると、瞬く間にヤルマーは小さくなり、ついには人間の指と同じくらいまで小さくなってしまいました。

「さぁ、すずの兵隊さんの衣装を着るんだよ。これから正式な場所へ行くんだから、きちんとした格好をしないとね」


ネズミや人形のように小さくなってしまう夢は、多くの子どもが体験することです。これは、子どもたちが小人、妖精、親指姫を理解できることを意味します。子どもは、虫の視点から世界を見ることができるのです。

また、ここでも現実的な大人の言葉と、非現実の描写である床下のネズミの生活が織り交ぜられています。そして、食品貯蔵庫で人間と同じようなイベントがネズミの間でも行われているという間接的なユーモアがあるのです。

ネズミの披露宴というと、子どもがパーティーを開いているのと同じレベルのものを想像してしまうかもしれませんが、ここでネズミたちが開いているのは、まさしく子どもを連れていけないような大人の正式なパーティーなのです。そこには、男性、女性ともに、各自にちゃんとしたマナーがあるのです。
ホールを抜けると、テーブルの上には本日のお食事であるバターとベーコンが並べてありました。

ヤルマーたちは、結婚式場にやって来ました。右側にはメスネズミがいて、お互いに冗談を言うように何かささやいています。そして、左側にはオスネズミがいます。オスたちは、ヒゲをなでています。そして、中央には主役の二匹のネズミが見えました。二匹はチーズのくぼんだ部分に立って、さかんにキスをしていました。だって、彼らは許婚《いいなずけ》ですし、今日やっと結婚できるのですから。

ここでのユーモアは、二匹のネズミが婚約者であり、さかんにキスをしているということです。この場面もコミカルに描かれています。本来なら、夫婦になるためにキスをしていると言ったほうがより自然です。

次から次へとお客が押し寄せたため、集まったネズミたちはお互いに踏み殺してしまいそうになるほどでした。会場には、料理のバターとベーコンが並んでいます。そして、デザートとして一粒のえんどう豆が出てきました。そこには特別に、結婚する二人の名前の頭文字が彫ってありました。

ネズミたちは、口を揃えて「素敵な結婚式だった！」と言いました。ヤルマーは、このコミカルな世界を体験することで、子どもの世界から大人の世界へと入り込んだのです。

金曜日の夢は、また結婚式に関するものでした。妹の人形の結婚式と誕生日パーティーが行われるのです。

オーレは言います。

「妹さんの大きな人形で、『おじさま』と呼ばれている人形があるね。それが今日、人形のベルタと結婚することになったのだよ」

性別が確定できていないのに、とても男らしくて「おじさま」と呼ばれているという文章は私たち大人には少し違和感がありますが、人形と遊んでいる子どもたちにとっては問題はないのです。しかし、ここでは本物の伝統的な結婚式をもち出しているため、真面目さや現実味も感じることができます。

眠りの精のオーレは、「さらに、ベルタは今日誕生日でもあるんだよ。だから、こんなにたくさんのプレゼントがあるんだ」と言いました。ヤルマーは、いつも妹が人形の誕生日を祝っている様子を見ていたので、こう付け加えました。

「人形に新しい洋服を着せるとき、妹はいつもその人形が誕生日だとか、結婚式だとか理由をつけるんだ！　そんなことを、今まで一〇〇回もやってきたんだよ！」

「そうなんだよ。今晩で一〇一回目の結婚式なんだよ。この一〇一回が終われば、すべてが終了なんだ」

いよいよ人形の結婚式です。そして、一〇一回目の結婚式が終わりました。これも隠されたユーモアです。一〇一回目が最後というのは、この二人が最後の結婚式でやっと正式に結婚できるということです。さらに笑えるのは、人形というのは場合によって性別を変えることができるということです。

そして、**土曜日**です。日曜日の前日です。だから、ヤルマーも教会の鐘や星の夢を見たのかもしれません。

オーレは、ヤルマーに語りかけます。

「私たちは教会の鐘を拭いたり、空に浮かぶ星を取ってきて、きれいに磨いたりしなければならないのだよ」

するると、突然家の壁に掛かっている肖像画が、まるで『小さいイーダの花』に出てくる博士のように、子どもを騙してはいけないとオーレに言いました。この肖像画は、ヤルマーの曽祖父なのです。

「星というものは、取ることなんてできないんじゃよ」

オーレは、その家族の大黒柱（今となっては古い大黒柱ですが）である曽祖父に対して、自分は異教徒の神であり、あなたよりもっと古いのだと告げました。

ここが、物語の中心部分となります。私たちが「眠りの精オーレ」と呼ぶ人は、異教徒の神である夢の神だったのです。彼はインスピレーションの神様で、ギリシャ神話のヘルメス神(3)のような人なのです。ヘルメノイティックスとは、今日では「すべてを理解している」という意味で使用されています。つまり、眠りの精のオーレは、本のなかの真実やすべての関係、そして何を言いたいのかを理解することができるのです。

私がアンデルセンについて書いていると、よく「アンデルセン自身はそれを信じていたと思いますか？」と聞かれます。もちろん、これに答えることはできません。誰もアンデルセンが、何をどうやって組み合わせたのか、またどうやって考えついたのか知ることはできないのです。

（3）（Hermēs）ギリシャ神話のオリンポス12神の一つ。ゼウスとマイアとの子。商売、盗み、賭博、競技、旅人の守護神。富、幸運、使者・道しるべの神。霊魂を冥界にに導く役割をもつ。ローマ神話の「マーキュリー」と同一視される。

肖像画の曽祖父は、自分が非難されたことで不機嫌になりました。そして、「もう自分の意見は言いたくない！」と、渋い顔で言いました。

日曜の夜は最後の夢です。一週間の終わりです。これは、一生の終わりということも同時に意味しています。

眠りの精のオーレは、自分には兄弟がいるのだとヤルマーに告げました。その彼の兄弟とは死神です。死神は、良い夢と悪い夢の二種類の夢をもっています。善い行いをした者は、死神が連れている馬の前に乗ることができ、良い夢を見ることができます。しかし、悪い行いをした者は馬の後ろに乗せられ、悪い夢を見るのです。

昔の人々は、この眠りの精のオーレの話をモラル的に、つまり非常に心理学的に読んだことでしょう。

もともとの物語は、問題児が悪夢にうなされ、しかも翌朝それを忘れてしまうというものでした。だから死神によってもたらされた悪夢と、この物語で書かれている良い夢を比較することに意義があり、地獄も夢の世界のような想像とされています。しかし、それは何かのシグナルで、昼夜関係のない夢の世界なのです。

物語の最後は、「これがオーレ・ロックオイェの物語です！　今夜はあなたのもとに行って、お話を聞かせてくれるかもしれません！」と言って終わります。

子どもの夢は日常の体験や潜在思考の投影ですが、子どもたちは逆に自分の見た夢からインスピレーションや現実をふくらませていきます。これは、書き手も同じです。書き手も、夢からアイデアやインスピレーションをふくらませていくのです。だからこそ、両者の理解が可能となるのです。それは、『小さいイーダの花』や『オーレ・ロックオイェ』の話を見てもわかります。夢が何を象徴しているかを理解できているかは問題ではなく、書き手と子どもがお互いに理解をしているかが大切なのです。

夢は決して単なる絵（映像）ではありません。夢は成長のシグナルなのです。ヤルマーに関していえば、子どもから大人への成長を示しているのです。夢はサインであり、私たちはそれをより意味のあるものとしてキャッチしなければならないのです。

そして、世界で一番の物語の語り手は夢の神であり、デンマークでは「オーレ」と呼ばれているおじさんなのです。子どもも書き手も、疲れ知らずのエネルギーをこの眠りの精のオーレからもらっているのです。

7 ほぼ完ペキ、しっかり者のすずの兵隊さん

ユーモアは、もうすでにタイトルの段階で潜んでいます。普通、「しっかり者の兵隊さん」と言うと、自分のポジションに就き、銃弾が飛んできても耐えることができる兵隊さんを意味します。しかし、すずの兵隊さんには実際に銃弾が飛んでくることはありません。そう考えると、すずの兵隊さんは本物の兵隊さんより楽な立場にあると言えるでしょう。

アンデルセンが「むかしむかし、あるところに……」と、物語をはじめることはほとんどありませんでした。「むかしむかし、あるところに……」ではじまる物語は、一五六作品中六作品のみでしかありません。その六作品の一つが『しっかり者のすずの兵隊さん』です。

昔々あるところに、二五人のすずの兵隊さんがいました。彼らはみんな、同じすずのスプーンから生まれた兄弟です。彼らは銃を腕に抱え、顔は前を見据えています。そして、みんな赤と青のユニフォームを着ています。

人間が出産する場合、「男の子ですよ！」とか「女の子ですよ！」とよく叫ばれますが、すずの兵隊さんがこの世に誕生したときもまさに同じような感じでした。

彼らがまず最初に耳にしたのは、箱を開けるときのフタの音でした。するると、小さな男の子が「すずの兵隊さんだぁ！」と手をたたきながら叫びました。今日は、その男の子の誕生日なのです。兵隊さんたちはテーブルの上に並べられました。

「今日は、その男の子の誕生日」とありますが、その日は兵隊さんたちの誕生日でもあります。彼らの入っていた箱は彼らのお母さんでもあり、兵舎でもあります。そして、そこから兵隊さんたちが生まれたのです。

ここで、この物語の主人公でもある「しっかり者のすずの兵隊さん」が登場します。

彼には、片足しかありません。最後につくられたので、すずの分量が足りなかったのです。彼は一本の足でがんばって立っていますが、ほかの兵隊さんと比べるとやはり異様に見えます。

一本足の兵隊さんの像。オーデンセ市内の通りを歩くと、アンデルセンの物語にまつわる像にばったり出くわすことも…。
（写真提供：Ulla and Anders Hansen）

しっかり者の兵隊さんは、おもちゃのお城の前にいるバレリーナを見つけました。彼は彼女と知り合いになりたいと思いましたが、自分の住んでいるみすぼらしい箱を思い出してあきらめました。彼女が住んでいるのは立派なお城なのに、自分の家はただの箱でしかありません。しかも、二五人も住んでいるから「彼女が来ても、入れてあげられる余裕すらないのです！」。

アンデルセンの物語には、よく多義性をもっている人物が出てきます。たとえば、『火打箱』に出てくる兵隊さんのキャラクターにも多義性がうかがえます。力持ちでパワーのある兵隊さんは、一方でエロティックな部分ももっています。

彼は本物の兵隊さんなので、彼女にキスをせずにはいられませんでした。

次の文章も、そのままの意味にとらえることもできますが、別の意味に解釈することもできます。

現在、王室の居城として機能しているアマリエンボー宮殿(Amalienborg)。各館の前には銃を携えた衛兵が警備をしており、毎日正午には伝統的な衛兵の交代式を見ることができます。また、女王が在宮の間は屋根の上に旗が掲げられます。
住所：Christian VIII's Palace-Amalienborg Pl., Copenhagen

すずの兵隊さんは、いつでも自分の立ち位置にいなければならず、憧れの女性からも離れることができません。

常に自分のポジションにいるのは、兵隊さんがしっかりしているとも解釈できますが、一方で「機転のきかない人」という印象ももってしまいます。

お城の前にいる女の子は、両腕をしっかりと伸ばしています。彼女はバレリーナで、片足を高く上げていました。しかし、彼女の片足が見えなかったので、兵隊さんは彼女もまた片足がないのだと思っていました。

ここで、私はわざと間違えて文章を引用しました。原文には「彼女の片方の足が見えなかったので」ではなく、「彼女の片足をまったく見つけることができなかったので」と書いてあります。まったく見つからないと言うとき、人はそれを強調して、いろいろな方向を見回しながら言うでしょう。兵隊さんも、バレリーナの足を目で探していました。では、どのようにしてバレリーナの片足を探そうとしたのでしょうか？　兵隊さんは倒れたのです。そして、スカートの下を見たのです。

兵隊さんが倒れて横になると、そこからはあのバレリーナの足がよく見えました。彼女は、片足でもバランスよく立っていました。

彼は、彼女のことをもっと知りたいのです。

家の人間が寝静まると、おもちゃたちは一斉に遊びはじめます。でも、すずの兵隊さんは一人じっとしています。

おもちゃたちのなかで動いていないのは、兵隊さんとバレリーナの二人だけでした。彼女は両手を外に広げて、つま先でまっすぐ立っています。兵隊さんも負けずに一本足でしっかりと立っています。彼は彼女から片時も目を離すことができませんでした。

彼は倒れて横になり、彼女を観察しました。これは、彼女のスカートの下を見たいために自らの意志で倒れたとも考えられますし、あるいは、たまたま何か外側の力によって倒れてしまったとも解釈できます。

この物語での語り手と子どもの合意には二つのパターンが考えられます。それは、兵隊さんは「自らの意志」で動いているという解釈と、兵隊さんの行動はすべて「偶然」に起きたものであるという考え方です。少し大きい子どもになると、「兵隊さんはすべて思い通りに動けるわけないし、窓から落ちたのも偶然の出来事だよ」と言うかもしれません。また、疑い深い人は、すずの兵隊さんについてハムレットに関することと同様のことを言うでしょう。「彼は行動できるけれど、行動できない（He can act, but he can't act.）」。つまり、彼は人間の手によって動かされることはできるけれど、自らの意志で動くことはできないということです。さらに鋭い視線をもつ疑い深い人たちは、次のように言うでしょう。

「それではあなた方は、自分たちが唯一行動することができて、感情のある生き物だと思っているのですね。そして、運命はチャンスであると」

兵隊さんは自らの意志で行動しているのか、それとも何か別の力によって動かされているのかという問いに対する答えは、私たちの物語の捉え方によるのです。やはり、ここで大切になってくるのが「コンセンサス（合意）」です。いずれにせよ、語り手はどちらの解釈に対しても忠実でなければいけません。

時計が夜中の一二時をさしました。パタッっと、タバコの箱を開ける音がします。なかを見ると、あれ？　タバコは一本も入っていません。そこには、小さな黒いトロルが入っていました。つまり、びっくり箱だったのです。すると、トロルは言いました。

「すずの兵隊さん！　自分のことは自分で守るんだよ！」

それに対して兵隊さんは、まったく何も聞いていないような「振り」をしました。「振りをする」というのはよい書き方です。こう書けば、先ほどの両方の解釈に対応することができます。しかし、実際兵隊さんが「振り」をしているかどうかを知ることはできません。

素っ気ない態度の兵隊さんに腹を立てたトロルは、「まぁ、明日の朝までここにいればいいさ」と兵隊さんを脅かしました。

翌朝、兵隊さんはなぜか窓辺に置かれていました。それは、トロルの仕業なのか、風のせいなのかわかりません。すると、風が吹いて兵隊さんは頭からまっさかさまに落ちていきました。なんて恐ろしいことでしょう！　ここは建物の四階なので、ものすごいスピードで落ちていきました。そして、持っていた銃が土に突き刺さり、その衝撃で体がグワングワンと揺れました。

ここの場面では、個人の感情はあまり入っていません。そもそも、建物の四階から落ちてしまうときに個人の感情を込めるのは不可能というものです。

なんて恐ろしいことでしょう！

トロルの人形。トロルはもともと北欧神話に由来する妖精で、ノルウェーの深い森に棲むと言われています。とんがった鼻と大きな足が特徴。

ここで「恐ろしい」と感じているのは兵隊さんでしょうか？　それとも、落ちていく兵隊さんを見ている男の子でしょうか？　誰も、そのことを知ることはできません。

男の子とお手伝いの女性が、窓から落ちた兵隊さんを一生懸命探しました。そして、ようやくもう一歩で踏みつけてしまうほど近くまできたのですが、見つけることはできませんでした。もし、兵隊さんが「ここにいるよ！」と叫んでいればきっと見つけてもらえたでしょうが、兵隊さんはユニフォームを着ている手前、思いっきり叫ぶのはみっともないと感じたのです。

『高飛び選手』に出てくるバッタは緑色のユニフォームを着ていると書いてありますが、そのユニフォームは「生まれつき」のものです。同じように、しっかり者のすずの兵隊さんのユニフォームも生まれつきのものなのです。彼はユニフォームを着ていたから叫ばなかったとありますが、普通に考えれば、彼は「すず」だから何も言えなかったのです。

しかし、彼が叫ぶことができなかったのは、彼が兵隊さんとしてのプライドを捨てることができなかったからだと考えることもできます。本物の兵隊さんなら、制服を脱いだときには兵隊らしからぬ行動をすることもあるかもしれません。しかし、すずの兵隊さんの場合は生まれつきなので、制服を脱ぐこともできません。だから、どんなときでも叫ぶことは許されず、厳格で静かでなければならないのです。彼は感情を声に出すことなく、あのバレリーナのことを思っていました。

また、ユニフォームという単語にはもう一つの意味があります。彼は二五人兄弟で、みんな同じすずからつくられた兵隊でした。「ユニ（ひとつの）＋フォーム（型）」、つまり同じフォームなのです。

雨が降りだしました。一人の男の子が、車道に座って兵隊さんと遊んでいます。男の子は紙でボートをつくり、兵隊さんを乗せて溝に流しました。ボートが流れていくのに合わせて、一緒になって走ったり手をたたいたりしています。雨はだんだん激しくなり、溝の水も車道に溢れだしてきました。そして、とうとう嵐がやって来ました。紙のボートは浮き沈みを繰り返し、たまにすごい勢いで曲がったりしました。そのとき、兵隊さんも大きく揺れます。**しかし、兵隊さんはしっかりしているので、少しも顔つきを変えず、まっすぐ前を見据えて銃を腕に抱えています。**

「まっすぐ前を見据えて銃を腕に抱えています」という表現は、物語の初めの部分の二五人の兵隊さんが登場する場面でも使われている文句です。この兵隊さんが水に流される場面でも、二つのことが考えられます。一つは、彼は銃を抱えて前を見ること以外には何もできなかったということです。もう一つの見解は、あのような洪水のなかで表情一つ変えずにしっかり立っている兵隊さんは勇敢だというものです。このようなことは、完璧なヒーローにしかできないものです。

この物語では、兵隊さんがただのすずの兵隊でも本物の兵隊さんでも通用します。なぜなら、兵隊さんは一度も言葉を発しないからです。しかし、もし兵隊さんが一言でも言葉を発したら、この二つの見解に亀裂が生じることになります。

物語のなかに見られる感情は、実際、兵隊さんが口に出しているものではなく心のなかで発せられているものなのです。だからこそ、彼も終始、自尊心を保つことができたのです。暗いなかでじっと耐えていられたのも、この自尊心のおかげです。

突然、ボートは長いどぶ板の下に入りました。そこの暗さは、まるで兵隊さんがいた箱のなかのように真っ暗でした。

彼は恐さに震えることはなく、「愛する人」のことだけを考えていました。

「あぁ、もしあの人が一緒だったら、もっと暗くてもいいのに！」

すると、どぶ板の下に住んでいるドブネズミがやって来て、通行券を見せろと言ってきました。しかし、兵隊さんは無言のまま、さらに強く銃を抱えました。

無言というのは、ときに発せられる言葉と同じくらい主張をしているのです。ひとこと「無言」と言っても、そこにはさまざまな意味が含まれているのです。

――彼は有頂天になり、無言でした。

――彼はユニフォームを着ていたので、何も言ってはなりませんでした。

――彼は通行券を持っていなかったので、ドブネズミに何も答えませんでした。

少しも動かないことにも、それぞれ主張があります。

――彼はそのバレリーナにひと目惚れをしてしまったので、体が固まってしまいました。

――彼は船から運河に投げ出され、どんな勇敢な人でも恐ろしくなるくらい大きな滝の音を聞きました。そのとき、兵隊さんはできるかぎり体を硬くし、瞬きもしませんでした。

――彼が魚に飲み込まれたとき、そのお腹のなかは真っ暗でした。ボートにいたときより真っ暗で、しかも狭かったのです。ほかの人だったら、絶対に恐れおののくはずです。

「しかし、兵隊さんは勇敢なので銃をしっかり抱え込んでいました」

紙のボートは、水が染みて破れはじめました。兵隊さんの顔にも大量の水がかかりました。そんなとき、彼はもう見ることのできない「愛する彼女」のことと、幼少時に聞いた歌のことを考えていました。

「危険な危険な兵隊さん！　あなたは苦しまなければならないの！」

紙が破れて兵隊さんが水のなかに落ちたとたん、兵隊さんは魚に飲み込まれてしまいました。

彼は、すでに運命の手に支配されています。「運命の手」の「手」とは、彼に運命を与えてきた「手」です。兵隊さんを仲間のいる箱に戻し忘れた子どもの手、そして窓の近くに兵隊さんを置いた子どもの手もそうです。

窓際に置いた子どもの手、紙のボートに乗せた男の子の手。すべては偶然の出来事なのでしょうか？　それとも、初めから意図されたことだったのでしょうか？　二つの見解を生んでしまう原因となっているのは、この運命の手なのです。

魚のお腹に入ったときは、誰の手も彼の運命には関係しません。しかし、魚は今まで捕まったことのなかった漁師に捕まり、市場で売られます。そこで、再び兵隊さんの運命の手が現れるのです。家の窓から落ちた兵隊さんを探しに来た、あのお手伝いさんがその魚を買ったのです。

魚は捕まえられ、市場に連れていかれました。そして、売られて、ある家の台所にやって来ました。そこのお手伝いさんが、大きな包丁で魚をさばきはじめます。

魚は今までになく恐ろしい動きをしましたが、少しするとおとなしくなりました。すると、突然外から光がもれ、上のほうから「すずの兵隊さんだ！」という高い叫び声が聞こえました。

この光を見たとき、兵隊さんは生まれた瞬間を思い出しました。それはまるで、昔、男の子が箱を開けたときに見た光のようでした。

お手伝いさんは魚のなかにいた兵隊さんの腰を二本の指でつかむと、リビングへ向かいました。みんなは魚に食べられて長い旅をしてきた珍しい兵隊さんに興味をもちましたが、兵隊さんは全然誇らしい気持ちにはなれませんでした。

ここに出てくる運命の手は二本の指で、しかもそれは兵隊さんの腰を持ったのです！　またもやこの手が出現するとは、なんとも運命的です。

子どもたちは、兵隊さんをテーブルの上に乗せました。

「世の中にはおかしなこともあるもんだ！　前にいたリビングにまた戻ってこられるとは」

そこには、同じ子どもたちの顔ぶれ、テーブルに散らばったおもちゃ、そしてなんといってもあのバレリーナがいます。彼女はいまだに片足を高く上げて、もう片方の足で立っていました。彼女もまたしっかり者なのです。兵隊さんはそのことに感動し、今にもすずの涙を流しそうになりましたが、ぐっと耐えました。二人はお互いに見つめ合いましたが、何も言葉は交わしませんでした。

「世の中にはおかしなこともあるもんだ！」とは、兵隊さんが子どもたちを見て思ったことです。しかし、子どもたちにとってもこれは奇妙なめぐり合わせだったでしょう。窓から落っこちて、いくら探しても見つからなかったすずの兵隊さんが魚のなかから出てきたのですから。

このお話の語り手は神様です。兵隊さんが魚に飲み込まれたのも、来るべき市場へ連れていかれたのも、またあの家族のもとに売られたのもすべては神様のご意向なのです。しかし、語り手である神様でさえも、「世の中にはおかしなこともあるもんだ！」と感心せずにはいられませんでした。そして、意図してつくられた偶然を思って少し微笑むのです。

聞き手は、語り手の意志に左右されます。しかし、二つの解釈の議論は続きます。

「兵隊さんはすずでできているから泣かないんだ」

「泣くということは兵隊さんらしくないから、涙を引っ込めたんだよ」
「兵隊さんとバレリーナが見つめ合っても何も言わなかったのは、二人とも人形だからさ」
「誰がこのような瞬間に口をきくことができる？」

物語に出てくる手は運命の手ですが、最後に出てくる手は、運命の手でありつつも残酷なものです。世の中には、良い運命と悪い運命があります。兵隊さんの悪い運命とは、兵隊さんが窓から落ちてしまったことです。しかしこれは、トロルと風、そのどちらの仕業なのかはわかりません。そして、もう一つの悪い運命とは、悪天候のなかを紙のボートに乗せられて運河に出てしまったことです。「これは絶対にトロルの仕業だ」と兵隊さんは思いますが、実際はトロルではなく少年の仕業なのかもしれないのです。つまり、本当のことは誰にもわからないのです。

極めつけが、最後の運命の手です。男の子は、意味もなくストーブのなかに兵隊さんを投げ込んでしまったのです。

すると、一人の男の子が兵隊さんをつかみ、ストーブのなかに投げ入れてしまいました。理由はわかりません。これは、箱のなかにいたトロルの仕業でしょうか。

ここでも、少年のせいなのか、それともトロルのせいなのかという二つの見解が考えられます。

兵隊さんはしっかりと立って、熱さにのみ込まれていきました。残酷です。しかし、その熱さとは炎の熱さなのでしょうか、それとも愛の熱さなのでしょうか？　兵隊さんにはわかりません。兵隊さんの美しい色は少しずつ剥げてきましたが、それが長旅のせいなのか悲しみのせいなのかはわかりません。彼はバレリーナを見ました。彼女も彼を見ています。兵隊さんは熱くなって溶けていきますが、それでもなお腕に銃を抱えてしっかりと立っています。

熱くなって溶けるという部分に関しては、現実重視派と物語重視派とで意見の衝突を招くということはないでしょう。それは明白な事実だからです。

ドアが開いて風が吹き込みました。すると、あのバレリーナが風に吹かれて、兵隊さんの元へと飛んできました。

翌朝、お手伝いさんは、ストーブのなかにハートの形をしたすずと金のスパンコールを見つけました。一緒に溶けたいと夢見ていた二人は、別々に溶けて死んだのです。

8 しっかりしていないすずの兵隊さん

「ヨーナスには腹が立った。なんて生意気なやつなんだ！　彼はそういう地位の人なのか？　それとも超エゴイストなだけなのか！　彼には、お金も時間もユーモアも与えてやったのに、『あんなやついなくなればいいのに！』と、私の悪口しか言わない」

「ネアゴー夫人の昼食会に行った。ゴールドスミスさんがシノビア女王について講演するので招待されたのだ。私は心を動かされたくないし、何かが心に溜まるのも嫌だ。何にもしたくないのだ。私は空っぽで、バカで孤独なのだ」

「バーデンフレス夫人のところには行かず、落ち着ける家にいた。とても寒い。神様がいないみたいだ。人々にひどい仕打ちをする神様を信用するわけにはいかない」

「もう耐えられません！　ここは孤独で寂しすぎます。家族と生活をしてきたら、違う生活に慣れるのは大変なんです！　もう、我慢できません！　昼間の時間は長いし、夜はそれにも増して長く感じます！　ここは、お父さんとお母さんが楽しそうに話して、かわいい子どもたちがおしゃべりを楽しむあなたのところとはまるっきり違うんですよ。年老いた老人が一人でいるだけなんです。誰も彼にキスをしないし、温かい目で見てくれる人もいません。クリスマスツリーもないんですよ。彼はお葬式以外にしてもらえることはないでしょう。もう耐えられません！」

以上の四つの文章には、「空っぽ」、「孤独」、「ひどい仕打ち」、「置き去り」といったものが書かれています。最初の三つは、アンデルセンの日記から引用したものです。そして、最後の一つは、彼の書いた物語『古い家』からの引用です。誰でも、一人ぼっちになることはあります。望んで一人になる人もいますし、一人で旅に出ることもあります。しかし、置き去りという状況は最悪です。ただ一人でいるのとは訳が違い、それは他者からの疎外、失望、無関心を意味するからです。

アンデルセンの日記を読めば読むほど、私のなかには不可解さが広がります。果たして、アンデルセンはそんなにウィットに富んだ人だったのでしょうか。

しかし、「孤独」、「ひどい仕打ち」、「置き去り」で埋め尽くされた日記からユーモアいっぱいの物語が出来上がることも否めません。普通、「ほかの人はキスも温かい日もクリスマスツリーも手に入れることができるのに、私には何があるというんだ？ お葬式だけじゃないか」などと寂しい気持ちを話すときは、その人が相当感傷的になっていることが想像できます。ところが、これをもしすずの兵隊さんが言ったとすると……確かに胸の張り裂けるような思いもしますが、同時に小さなすずの人形が我慢できないでいる様子に思わず微笑んでしまうのも事実です。

最初の三タイプのような日記を読んだときは、微笑むことなんてとうていできません。アンデルセンの日記を読んだ人は、どうしていつも不幸なことのみを書き綴るのか不思議に思うでしょう。まるで、不幸のブラックホールに入り込んでしまっているかのようです。実際、彼はたくさんの人から好かれていましたし、尊敬もされていました。そして、名声や賞賛もあふれるほど受けました。さらに、語り手としての成功も収めました。ですから、客観的に彼を見ると、「不幸の殻に閉じこもらないで、悪循環のなかから外に出たら！」と言いたくなってしまいます。しかし、アンデルセンのことが大好きで彼を理解しようとする人は、「しかし、彼の孤独は相当ひどいもので、日記に書き記すよりもはるかに痛々しいものだったのです」と言うかもしれません。

キルケゴールは次のように書いています。

「死、地獄、すべてのことを私は自分自身の側だけからではなく客観的に考えることができる。私は、寝ているときですら自分自身を忘れることはない」

しかし、アンデルセンは一瞬でも自分自身を客観的に捉えることができませんでした。さらに言えば、ひとときも孤独や痛みを忘れることができなかったのです。

「反抗心を忘れるためには、それを頭のなかから追い出してしまうことです。それこそが、あなたを動かしていたものなのですから」と、ロウ・アンドレアス・サロメ(1)は言いました。

私たちは、反抗心や孤独感を抱いてどうしようもなくなったとき、もしくは中傷されて不公平を感じたとき、「神様も誰も頼りになんてならない！」と思ってしまいます。そして、どうしたらそれらに打ち勝つことができるのかがわからずに悩むのです。しかし、物語のなかでは私たちはそれらに打ち勝つことができます。すべては、ユーモアが解決してくれます。これは『心からの悲しみ』という物語の最後を見るとわかります。

この物語では、二つの「悲しみ」が出てきます。二つ目に書かれているのは、イヌのお葬式に出ることを許されなかった女の子の悲しみです。女の子は、イヌのお葬式に参加するための条件であるズボン吊りのボタンを持っていなかったのです。そのため、彼女は深い悲しみを抱いていました。お葬式に参加できない彼女は外に立っています。

彼女はボタンがなければ式場に入れないことを知っていたので、悲しくて外に立っていました。みんな彼女のことを見ますが、そのまま通り過ぎていきます。彼女はそこに

(1) Lou Andreas Salome (1861～1937) 作家、精神分析家。ロシアのサンクトペテルブルグで生まれ、ヨーロッパ各地でニーチェ、フロイト等、著名研究者と交流をもちながら研究を続けた。民衆運動や女性解放運動に深く関心を示した。

座って、小さな汚れた手で目を押さえています。彼女の目からは涙が溢れていました。イヌを見送ることができなかったのは彼女だけでした。

語り手は、少し上から女の子を見ています。

私たちは、上からすべて（みんなの悲しみ）を見ていました。上から見下ろせば、彼女の悲しむ様子も笑って見ていられます。

外に置き去りにされたことがある人は、この悲しさがわかるでしょう。ここで一番悲しいのは、少女がイヌのお葬式に参加することができなかったのではなく、外に置き去りにされたことなのです。

しかし、この女の子が悲しいのは今の瞬間のことです。時が経てば、また元気になるでしょう。この先も、このような苦い経験をすることは何度もあるでしょう。ただ、彼女が自発的に涙を流すのはこの日だけなのか、またこの日の彼女の涙が抑圧された感情からなのかは誰にもわかりません。これを見極めることができたら、それは本物の洞察力と言えるでしょう。

「私たちは見ていました」の「私たち」は大人です。そして、この大人はずっと外側に置き去りにされたことを経験した人たちです。

「私たちは上から見ていました」、これはまったく別の視点からの台詞です。公園や女の子の目の高さから見ているのではありません。これは古い考えかもしれませんが、「少し上から物事を見る」ということは、つまり上から他人の悲しみを見て笑うということです。この物語は、上からの視点で見ることでユーモアが生まれているのです。

「笑う」、これは私にとっては重要な言葉です。みなさんも、今まで泣いていた子どもが次の瞬間には笑いはじめたという光景を見たことがあると思います。この女の子が無心に泣けば泣くほど、彼女から笑みがこぼれるのは時間の問題となるでしょう。泣くことは笑うことにつながるのです。

「上から見る」というのは、おもちゃと遊ぶ子どもにもあてはまります。子どもたちは床で遊ぶとき、床にあるおもちゃを「上から」見ます。人形の家、小屋、男爵のお城、すずの兵隊、ぬいぐるみの動物たち。すべてのものが「上から」見られます。おもちゃにとって子どもは、座って床を見渡す巨大な生き物といえるでしょう。

もし、兵隊さんが本物だったら遊んでいる男の子よりも何倍も大きいはずですが、おもちゃの世界では反対になります。男の子のほうが兵隊さんより何倍も大きいのです。男の子は、兵隊さんにとっては神様です。彼が兵隊さんのすべて――「生」と「死」までも――を決めるのです。もし、兵隊さんを鉄砲で撃てば倒れますが、またその兵隊さんと遊びたくなったらもう一度起こせばいいのです。兵隊さんは生き返るのです。もし、兵隊さんを船旅に出したいと思えばボートに乗せればいいのです。マッチ箱も、設定ひとつで病院のベッドにすることができます。

どんな出来事でも、遊びのなかでは悲くなんてありません。病院で寝ている兵隊さんはきっと撃たれたのでしょう。しかし、そんなに悲しくはありません。戦争ごっこで兵隊さんが死んだとしても悲しくはありません。また、起こして遊ぶことができるのですから。

アンデルセンの日記には「孤独」や「置き去り」といった記述が見られますが、彼はそこから、孤独な老人が向かいの家に住む少年と年齢を越えた友情を築くという心温まる物語『古い家』を書き上げました。この物語も、彼の実体験がきっかけになっています。

一八四五年一二月、アンデルセンはドイツのオルデンブルグ（Oldenburg）にいました。彼は詩人のモーセン（Mosen）を訪問し、彼の家族にいくつかの物語を語り聞かせました。そして、その様子を次のように日記に書き残しています。

一八四五年一二月九日火曜日

モーセンは『みにくいアヒルの子』に深く感銘を受けたらしい。以前は『演奏者（Spillemanden）』のようなデンマークのノンフィクションを書けと言っていたのに、今は、物語には昔と今をつなぐ不思議な力があるなんて言っている。

一週間後、モーセン家を発つ前に、アンデルセンはその家の少年エリックのために物語を書きました。『さよならのあいさつに泣くちびエリック』という物語です。

一八四五年一二月一六日火曜日

モーセンが、私のところにすずの兵隊を持ってきた。このすずの兵隊は、エリックが私に渡してほしいと父親の彼に預けたものらしい。旅のお供だそうだ。これには心を打たれた。

エリックは、自分がもっている数ある兵隊さんのうち一体をアンデルセンに渡して、兵隊さんがアンデルセンと一緒に旅ができればいいなぁという気持ちを父親を介して伝えたのです。小さなプレゼントでしたが、これはアンデルセンに大きな感動を与えました。

アンデルセンは「あの男の子は、私にこれをわたすよう父親に頼んだんだ」と二回も繰り返して言うほど感動しました。日記にも、「モーセンはちびエリックの兵隊のうち、一体を私に持ってきてくれた」と書き、そのあとに「彼は、お父さんを通して私に人形を渡したのだ」と続けています。もちろん、アンデルセンは表現力がないから二回も同じことを繰り返しているわけではありません。「エリックが父親に頼んで私にそれをくれた」という事実に感動をしているのです。

あまりにうれしすぎて、同じことを繰り返して言ってしまうという経験は誰にでもあることでしょう。たとえば、「勝ったんだよ、勝ったんだよ！」とか「できた、できた！」、「彼女、うんって言ったんだ、彼女、うんって言ったんだ！」など、あなたにも覚えがありませんか。

貴重な経験は、日記に綴る彼の気持ちを高めます。

テーブルの席についた私は驚かされた。ビアウィエウが、オルデンブルグ皇子から預かった美しい指輪を私にくれたのだ。その指輪は二〇〇リクスダラー(2)以上で、アイセンデッカーが手に入れたプロシア(3)のものだ。これを売ろうなんて意志はないが、何だか恥ずかしい気持ちになった。

片方のプレゼントは非常に高価なもので、彼を驚かせ、恥ずかしい気持ちにさせました。しかし、もう片方のプレゼントは、全然お金にならないものですがアンデルセンをより感動させたのです。

数年後、男の子と寂しい男の友情を描いた『古い家』という穏やかな物語が出来上がりま

（2）16から19世紀にオランダ、ドイツ、デンマークなどのヨーロッパおよびその植民地で使われていた銀貨。

した。物語は、男の子が窓から老人の住んでいる家を見ているという描写からはじまります。

それは、古い古い家でした。おそらく、三〇〇年以上たっているものでしょう。その古さは、梁を見ればわかります。梁には、チューリップやホップのつると一緒に年号が彫ってありました。そのほかにも、古い時代の詩の綴りが彫ってあります。また、すべての窓には嘲笑っているような顔が浮き出ていました。また、ある階はもう一つの階よりもずっと出っ張っていました。屋根のすぐ下には、ドラゴンの頭をしたナマリの樋がありました。本来ならドラゴンの口から雨水が流れ出る仕組みになっていたのですが、今では古くて穴が開いていたので、そのお腹の部分から水が流れていました。

その通りに並ぶほかの家は、新しくて素敵なものばかりでした。新しい家たちは、大きなガラスとピカピカの壁で覆われています。それらのきれいな家を見ていると、あの古い家とは何も関係をもちたくないのだなというのがわかります。

通りを挟んだ向こうにも、新しく素敵な家が立ち並んでいました。そのうちの一軒の家の窓越しに、ほっぺの赤い、透き通った輝く目の小さな男の子がいました。この男の子は、いつも窓から向かいの古い家を見ていました。彼は、その古い家がお気に入りだ

（3）（Pruisen）バルト海南岸に臨む、ウィスラ川下流域からネマン川下流域に至る地方。かつてプロイセン公国（1525～1618）があった地。ポーランド北東部とロシア連邦の飛び地になどにあたる。「プロシア」は英語名。

ったのです。彼は、太陽の光のもとでも月明かりのもとでも、古い家が一番きれいだと思っていました。

すべて、男の子が窓辺から見ていることです。そして、語られている内容は彼が実際に目で見た光景です。男の子は、大人の話す言葉や考えを、新しい家たちの言葉や考えに置き換えて見ています。つまり、彼は時代遅れの人をバカにする大人の噂話を聞いているのです。人々が古い家のなかの様子がわからず、少しイライラしていることには男の子も気づいています。古い家はすべてが風変わりで、謎であり、個人主義的な考えをもっています。古い家は粗大ゴミのようなもので、時代に取り残された存在なのです。そして、新しい家たちはそれを恥ずかしいことだと思っています。なぜなら、古い家も年老いたおじいさんも、「死」や「お葬式」を連想させるからです。

古い家に住んでいるおじいさんは、正装姿でカツラを付けています。そのカツラというのも、明らかにそれとわかるものでした。いつもはこのおじいさんは一人で古い家に住んでいましたが、毎朝、お手伝いの老人が来て掃除や買い物に行くのです。

たまに、おじいさんは窓辺に行っては外を眺めます。そこからは、通りを挟んだ向こう側の家の窓辺にいる男の子の姿が見えました。男の子はおじいさんに向かって頷き、おじいさんもそれにこたえるように頷きます。そして、彼らは友達になりました。ただの一度も口を聞いたこともないのですが友達には変わりないのです。

男の子の両親が言います。

「あそこに住んでいるおじいさんは元気そうだけど、ちょっと不気味だね」

次の日曜日、男の子は何かをつかんで紙に包み、それをリュックに入れました。男の子が歩いていると、お手伝いの老人が買い物に行く途中でした。男の子はその老人に声をかけました。

「これをおじいさんに渡して。僕はすずの兵隊を二つ持ってるから、一つをおじいさんにあげるよ。おじいさんは、きっと独りぼっちで寂しいと思うんだ」

お手伝いの老人はそれを見てうれしそうに頷き、古い家に持っていきました。

ここで重要なのは、男の子の意識のなかには二つのものが交差していることです。彼は、周りの大人たちが話す噂と、実際、自分の目で見ているものの間に挟まれているのです。しかし、物語のなかに書かれている風景は、ほとんどが男の子の目を通して語られているものです。

窓辺からは、本当にたくさんのものが見えます。曲がった梁、チューリップやホップのつる、ゴシック体で書かれた詩、ドラゴンの姿をした樋のお腹から流れ出ている水。

大人の発する言葉のすべては二つの単語に集約されます。「古い」と「粗大ゴミ」です。しかし、男の子にとっては、大人がイライラしてしまう風変わりな人や風変わりな家というのは、秘密がいっぱいのドキドキするものなのです。

大人たちは、おじいさんの孤独についていろいろ噂をしますが、彼が一体何をしたというのでしょうか。おじいさんはただ人付き合いをするのが苦手で、少し変わっているだけなのです。

大人がしていることと「新しい家たち」がしていることは同じです。新しい家も、古い粗大ゴミのような家から距離を置いているのです。たくさんの新しい家が立ち並ぶなか、古い家は独りぼっちです。

大人たちは、この古い家には何もいいことがないし価値がないと思っていますが、男の子の頭のなかは「ドキドキ」、「秘密」、「冒険」という言葉でいっぱいになっています。つまり、大人は男の子のようなセンスをもっていないということです。大人にとっては古い家は粗大ゴミ以外の何ものでもありませんが、男の子にとってはまるで妖精のお城のように見えるのです。

おじいさんは、男の子にすずの兵隊さんのお礼を直接言いたいというメッセージをお手伝いの老人に伝えました。もし、メッセージを受け取ったのがほかの普通の大人だったら、とりあえず引き受けるでしょうが、それは孤独な老人に対してしなければならない「義理の奉仕」としてでしょう。しかし、お手伝いの老人からメッセージをもらった男の子は、これ以上ないくらいの喜びを表しました。ずっと憧れていたあのお城のなかに入れるのです。来る日も来る日も外側から眺めていた、秘密がいっぱいの古い家にとうとう入れるのです。

柱のベルは訪問者のために磨かれたもので、ピカピカに光っていました。そして、チューリップの形をしたドアの取っ手のなかにトランペットの形が彫られています。まるで、力強くラッパを吹いているようです。その頬は、以前よりもふっくらして見えました。「ほら！　あの子がやって来た！　来たよ！」と、ラッパが叫ぶのと同時にドアが開きました。

窓からではさすがにチューリップまでは見えなかったので、男の子は未知の世界への訪問にワクワクしています！　大人だったら飽き飽きするものでも、男の子にとってはどれも興奮するものなのです。彼は、小さなバルコニーにやって来ました。

古い植木鉢には人間の顔や犬の耳がついていて、花は好き勝手に伸びています。ある鉢では、カーネーションの葉が自由に伸びています。その葉がこう言いました。

「空気が拍手をして、太陽がキスをしてくれる。今度の日曜日には花を咲かせると約束したのです！」

おじいさんは、家中を案内してくれました。そして、小さな部屋にたどり着きました。そこの部屋の壁はブタ革でできていて、金色の花模様がほどこされていました。「金メッキははがれてしまうが、ブタ革はいつまでも健在じゃよ！」と、壁は言いました。

男の子は、目だけではなく耳にも神経を集中させました。すると、イスに付いている古い杭が話しはじめました。

そのイスは肘掛け椅子で、高い背もたれが付いていました。そして、イスの両肘掛けが「座れ！座れ！」と言っています。

「あぁ、すごいきしみだ！　わしもあの古い棚のようにリューマチかもしれんな！　背中がきしむ！」

次に、男の子は出窓のあるリビングにやって来ました。そこには、おじいさんが座っていました。

「ぼうや、すずの兵隊をありがとう！　そして、わしを訪ねに来てくれてありがとう」と、おじいさんは言いました。すると、家中の家具が「ありがとう！」、「ありがとう！」と次々に叫びました。家中を見学したあとは少し休憩です。そこで、男の子はずっと聞きたかったことを口にしました。

「僕の家族がね、おじいさんのことを一人で暮らしていて不気味だと言うんだよ」

「たしかに、わしの家には生きものが何もない。君だってきっと喜ばないだろうね。もしかしたら、この家はみんなが思っているよりも悪い環境なのかもしれないね。だが、わしのところへはな、昔の思い出が訪ねに来てくれるんじゃよ。それに、今は君も来てくれた。わしはうれしいよ」

そう言うと、おじいさんはジャムやリンゴやアーモンドを取りに外へ行きました。すると、我慢ができなくなったすずの兵隊さんが少年のところにやって来て、不満を漏らしはじめます。すずの兵隊さんは、タンスの上に立たされたんだと少年に告げ口をしました。子どもというのは、自分がもっているお人形の話す声や叫び声やイライラの気持ちを理解することができるものなのです。

彼の愚痴を聞くかぎり、この兵隊さんは前章（「7　ほぼ完ペキ、しっかり者のすずの兵隊さん」）のしっかり者の兵隊さんとは違うことがわかります。しっかり者の兵隊さんは、窓から落ちても、運河を流れても、魚に飲み込まれても、ストーブに放り込まれても我慢をしています。しかし、この兵隊さんには「我慢」という文字がありません。

男の子は、おじいさんが戻ってくる前にこの兵隊さんに厳しく言わなければなりませんでした。もし、兵隊さんの不満を聞き入れて、彼が男の子のところに戻ってしまったら、おじいさんがかわいそうです。

「そんなこと言わないでよ！　ここには、古い思い出がみんな訪ねに来ているらしいよ。ここは居心地がいいと思うんだ」と、男の子は言いました。

「そうですか。でも、私にはそんなもの見えません！　我慢できないんです！」と、すずの兵隊は答えます。

「それでも我慢してよ！」と、男の子は頼みます。

これは、家に帰りたいという兵隊さんのお願いを男の子が断固として拒否するという悲喜劇です。「我慢してよ！」には、「独りぼっちのおじいさんを残して、家に帰ろうなんて言えないんだ」という意味が込められているのです。

別の日に男の子がおじいさんの家を訪ねると、今度は兵隊さんはリビングでの寂しさを語りました。

「我慢できないんです！　すずの涙が出るんです！　ここは寂しすぎます！　ここにいるくらいなら、戦争に行って腕や足を失くしたほうがまだましです！　あそこには生活の変化というものがありますもの！」

男の子は、おじいさんがお菓子を取りに行っているすきに急いで諭さなければなりませんでした。

「お前はプレゼントされたんだから、ここにいなきゃだめなんだよ！　まだわからないの？」

アンデルセンにとっては、高価な指輪よりもドイツでもらったすずの兵隊さんのほうが印象的だったのです。もし、お金だけで評価するなら、日記にはプロシアのリングのことを何よりも先に書いたでしょう。

アンデルセンは、たとえば太陽の光や頭痛の種が、物語を書くときのインスピレーションになると言っています。つまり、物語の素材になるということです。すずの兵隊さんの物語も、ちびエリックのエピソードからヒントを得たのです。

おじいさんのお葬式には誰も来ませんでした。どこにお墓があるのかも誰も知りません。しかし、その古い家が壊されて何年もたったあと、その土地に新婚夫婦が新しい家を建てました。なんと、その若い夫こそあの男の子だったのです。

我慢のできないすずの兵隊さんは、タンスの裏側に落っこちてしまいました。男の子とおじいさんは一生懸命探しましたが、とうとう兵隊さんを見つけることはできませんでした。実は、床には穴が開いていたのです。

成長した男の子は、奥さんと一緒に庭の手入れをしていました。奥さんが小さな花を植えようと土を掘っていると、何かチクっと当たるものがありました。

「あぁ！　すずの兵隊さんじゃないか！　これは、僕が昔ここに住んでいたおじいさんにプレゼントしたものだよ！」

夫は、奥さんに昔のことをすべて話すと、奥さんは「かわいそうに！」と言いました。それを聞いたすずの兵隊さんは、「とても寂しかった！　でも、忘れられていないのはうれしいことです！」と言いました。

すると、突然「うれしい！」と何かがすぐそばで叫びました。しかし、その声の主が金メッキのはがれたブタ革の壁だというのは兵隊さん以外は誰にもわかりませんでした。一つ言えることは、「一見湿った土のように見えても、金メッキははげても、ブタ革は健在だ」ということです。でも、兵隊さんはそんなことは何も考えていませんでした。

この物語のポイントは「やさしさ」です。老人との退屈な日々を嘆くすずの兵隊さんも、金メッキを上から塗られたブタ革の壁も、老人との忘れられない思い出も、すべて温かくてやわらかいものなのです。

男の子の好奇心旺盛な目には、この古い家はただの粗大ゴミには見えませんでした。何のへんてつもない家具も、退屈なおじいさんも、ドアの飾り、肘掛け椅子、タンスまでもが彼の目には魅力的に映ったのです。

彼は現実を語ります。

この物語の語り手は男の子です。男の子は自分の見た現実を語ります。ここで言う現実とは、単純に見えるものだけではなく、名声ばかりを気にする大人の世界での困惑、子どもたちや語り手の奪い去ることのできない可能性も含まれているのです。

そして、語られている現実は作家、つまりアンデルセンの考えや意見でもあります。ホルスト(4)はアンデルセンとともにローマを旅した際に手紙のなかで、アンデルセンはかぎりない願望をすべて日記に書いていると嘲笑しました。「すべて」をです。すべての詳細を書いているのです。願望を書くだけなんて、つまらなすぎます。

しかし、日記に事細かく綴られたその彼の願望が、物語の材料となるのです。芸術家は現

(4) H.P.Holst（1811〜1893）作家・詩人。コペンハーゲン生まれ。『何をなくしたのか、わが祖国』で一躍有名になる。プロイセンとの戦争は、彼の詩に多くのインスピレーションを与えた。ほかに、『私の青年時代より』などを残す。

実の世界だけで生き続けることはできませんが、幻想の世界だけでも生きることはできません。書き手は物語で語られる玄関前の様子だけではなく、実際語られることのない革ソファの色合いのやさしさやその感情、そして、その日、その瞬間も知っておかなければならないのです。

すずの兵隊さんが、この退屈な家でつまらなく死んでゆくよりは、まだ戦争で腕や足を失くしたほうがましだと不満をもらしたとき、男の子はそんな兵隊さんを諭します。この場面には、もっとも大切なことが示されています。それは、おじいさんと男の子の友情です。大切なのはやさしさです。「家のみんなが、独りぼっちでいるおじいさんを不気味だと言っているんだ」と言う男の子に対しておじいさんは、「たしかに、わしの家には生きものが何もない。君だってきっと喜ばないだろうね。もしかしたら、この家はみんなが思っているよりも悪い環境なのかもしれないね」と言いました。

このおじいさんの答えは、見ようによっては男の子を突き放したもので、もしかしたら生きる希望すら失わせてしまうものかもしれません。しかし、そのあと彼はこう続けています。

「だが、わしのところへはな、昔の思い出が訪ねに来てくれるんじゃよ。それに、今は君も来てくれた。わしはうれしいよ」

彼は、自分が独ぼっちで寂しいとは言っていません。たとえ、それが事実だとしてもです。その代わりに古い思い出が訪ねに来てくれるし、それはいろいろなものを連れてきてくれるのだと言っています。それに、「君も来てくれた!」のです。

これが、おじいさんが男の子のために答えられる最善の返事なのです。そして、君のように人だって訪ねて来てくれるよと付け加えることで、男の子を喜ばせようとしているのです。この老人の台詞は、やさしさ以外のなにものでもありません。

アンデルセンは、日記のなかで大量に見受けられる「独りぼっち」や「置き去り」といったキーワード(材料)をもとにして、『独り者のナイトキャップ』というお話も書きました。実際、この物語にはもっと古い考え方が含まれているのですが、それを子どもに伝える必要はないでしょう。

昔々、ブレーメン(Bremen)とリューベック(Lübeck)に住んでいるお金持ちの食料販売業者がコペンハーゲンで商売をしていました。彼らは職人をコペンハーゲンへ送り込んで、コショウをはじめとした香辛料、サフラン、アニス、ショウガを売っていました。そのため、その職人たちは「コショウ職人」と呼ばれていました。

コショウ職人たちは、当時、結婚を禁止されていました。それは彼らが使用人だったからではなく、法律によって人口数が抑制されていたからです。それゆえ、結婚していない人といえばコショウ職人といった具合でした。そして、周りの人々は次のような歌をつくってコショウ職人たちをからかいました。

薪を切ってばかりの
哀れなコショウ職人、
ナイトキャップをかぶってベッドに行って、
自分で明かりをつけるのさ！

私は、この歌の意味をこう理解します。「薪を切って」というのはいびきを意味しており、コショウ職人がベッドで一人いびきをかいているということでしょう。彼らには誰も暖めてくれる人がいないので、薪を準備して部屋を暖かくする必要があったのです。「哀れなコショウ職人、（中略）自分で明かりをつけるのさ！」というのは、彼らには明かりをつけてくれる人も消してくれる人も、そしておやすみのキスをしてくれる人もいないということです。

これは、アンデルセンのことを歌った詞でもあります。しかし、実際、彼にとっては自分で明かりを消したりつけたりすることは、そこまで辛いことではありませんでした。彼にとっては、誰か別の人に周りの明かりを消されてしまうことのほうが恐怖でした。また、カーテンのすき間から光が差し込むと火事が起きたと思い込むほど、彼は「破壊」というものに対して恐れを抱いていたのです。

やっと、彼はベッドまでやって来ました。帽子をいつもより少しだけ深めにかぶりますが、やっぱりそれを少し上げて、きちんと明かりが消えているか確かめました。そして、ロウソクの火が消してあるのかを確認して、また横になって反対側を向きました。帽子を深くかぶり直します。しかし、またロウソクの火が消えているのか気になってしまいます。少しの火が大惨事につながるかもしれません。ベッドから抜け出し、這ってロウソクの火を確認しに行くのですが、やはり火は消えています。

夜中、何度となくそんなことを繰り返し、アイロンのことを気にかけたり、鍵が締まっているのかを確かめるので、彼の細い足は寒さで凍えてしまいました。床を這うたびに足がガタガタいいますが、彼は寒さを耐えしのぎます。掛け布団を顔までかけて、帽子をさらに深くかぶります。そして、日々の仕事のつらさを忘れようとしますが、それは喜びにはつながりません。古い思い出が戻ってきて、カーテンを開けたり、かがり針でつっつついたりします。痛い！　皮膚を突き刺して焼くようで、涙が出てきます。

おじいさんは、彼を訪ねに来る古い思い出が何なのかは男の子に教えていません。彼はただ、古い思い出が「いろいろなものを引き連れてくる」としか言っていません。これはウソではありません。やさしさです。一方、男の子は、自分の二体の兵隊さんのうち一体をおじいさんにあげます。そこには、お互いを思いやる姿が見られます。おじいさんと男の子との間には、やさしくて温かいユーモアがあります。このような、年齢に関係のない「やさしさ」をあなたは経験したことがありますか。

9 雪だるまのシーズン 情熱と反対

そのような愛は長続きしないと言う人がいる。
しかし、持続性をどう評価すべきか。持続するものがなぜ「善」であるのか。
続くがなぜ燃えるにまさるのか[1]。

キルケゴールによると、私たちが一番パワーを使うのは死ぬときだそうです。アンデルセンは、自らの最期を望む雪だるまの物語を書きました。これは、雪だるまがストーブに恋をするお話です。

この『雪だるま』という物語のテーマは「自己愛」です。自己愛とは、相手を情熱で覆ってしまうような愛情です。言葉に表すと次のようになります。

彼は、彼女によって溶けてしまいたいと考えています。

彼女は、彼に入り込みたいと思っています。

（1）『恋愛のディスクール・断章』ロラン・バルト／三好郁朗訳、みすず書房、1980年、38ページより。
Roland Barthes（1915～1980）フランスの社会、文学評論家。

彼が彼女に溶けてしまい、彼女が彼に入り込んでしまったら、あとにはいったい何が残るでしょう？　お互いがお互いのなかに消えてしまうのでしょうか？　果たして、これを幸せと呼べるのでしょうか？

雪だるまは、まったく反対の性質ものに魅かれてしまいました。言い換えれば、愛に溶けてしまったと言ってもいいでしょう。彼（雪だるま）は彼女（ストーブ）にとっては冷たすぎて、彼女は彼にとっては熱すぎる相手だったのです。

物語は、雪だるまの視点からしか書かれていません。雪だるまは、太陽は自分に瞬きをさせるために出てきたのだと疑っています。

「体のなかがミシミシするぞ。それくらい寒くて気持ちいい！　風がかみつくように吹いているみたいだ！　それにしても、彼女はえらく光っているなぁ！」と、雪だるまが言いました。

彼が意味する彼女とは太陽のことでした。太陽が沈もうとしています。

「彼女は光って、僕に瞬きさせようとしているけれど、そう

まさしく雪だるま
（写真提供：大塚絢子）

はさせないぞ。このかけら（目）だってしっかりくっついているからな！」

　彼の目は、大きな二つの三角形でできていました。口は古いくま手です。だから、彼には歯もありました。彼は男の子たちの歓声、ベルの音、ソリの音とともに誕生したのです。太陽が沈むと、丸くて大きい、きれいな満月が顔を出しました。

「また、彼女が別の方角から出てきたぞ」と、雪だるまは言いました。てっきり、太陽がまた出てきたのだと思ったのです。

「ギラギラと光らせるのだけはやめさせたぞ！　そこにぶら下がって光っていればいいさ。そうすれば、僕も自分の体が見れるってもんよ。ところで、どうしたらあんなふうに動けるようになるのかなぁ。僕も動いてみたいなぁ。男の子たちみたいに雪の上を滑ってみたいよ！　でも、走るってのはよくわからないな！」


マイナスの気温は、雪だるまを生き生きとさせます。そして、太陽は下界を見つめることで気温を上げ、雪だるまを熱くします。それは、まるで好奇心いっぱいの大きな目です。日常会話で表現すると、「彼女は彼に熱をあげている」とでも言えるでしょうか。

　雪だるまは、太陽を女性として見ています。実際、雪だるまに魅かれるくらいなのだから太陽は女性なのです。そして、「彼女は、僕に瞬きさせようとしてるんだ」というところは、一種のゲームのようなものです。お互いが見つめ合い、先に瞬きをしたほうが負けといった感じです。そして、雪だるまは自分が勝ったと確信しました。

「彼女の目をそらさせたぞ！」

月が出てきたときに、雪だるまは自信たっぷりにこう言いました。

彼は、「彼女の熱を冷めさせた」とは言っていません。彼は勝負に勝って、太陽に自分の存在を植えつけることができたと確信しているのです。

物語には、雪だるま自身の変化が描かれています。彼は、動きたくて仕方がありませんでした。物理的に考えれば、彼が欲しているものは低い気温、冷たい風、そして氷です。冷たい風で体を突き刺されることが、彼にとってはとても気持ちがいいのです。

雪だるまは、男の子たちのように氷の上を滑ってみたいとも思いました。そして、もしそこから動くことができたらどれだけおもしろいかということを話しはじめました。

男の子たちが「滑る」というのは「スケートをしている」という意味だとわかりますが、それに対して、雪だるまの言う「滑る」には別の意味も込められています。雪だるまにとって「滑る」ということは「溶ける」ことで、つまり「溶けて流れてしまう」という意味でもあるのです。

物語のなかで雪だるまは、自分の「最期」を望んでいます。これは、キルケゴールに言わせると「情熱の象徴」です。しかし、別の見方もできるような気がしませんか。

霜が降る季節は、雪だるまのシーズンでもあります。家の外につながれた番犬が「どけ、どけ！」と吠えています。それまで家のなかでストーブとともにぬくぬくと過ごしてきたイヌは、外があまりにも寒いので雪だるまに向かって吠えているのです。


「そのうち、太陽がお前を溶かすに決まっている！　去年の雪だるまも、その前の雪だるまも、そうやって溶けていったんだ。どけどけ！　どっかいっちまえ！」


するると、一組のカップルが庭にやって来ました。少し天候が変わってきました。リューマチをもっているイヌは、左足に痛みを感じはじめます。

木々は霜に覆われて白くなっていますが、木々は夏のそれと同じように輝いて見えます。太陽が照って、何もかもがキラキラとダイヤモンドの粉をかけられたように輝いています。土の上の雪は大きなダイヤモンド、または数え切れないくらいのたくさんの小さなロウソクの明かりみたいです。

「なんて素敵なの！」と、若い女性が言いました。そのカップルは雪だるまの隣に立ち、雪の降り積もった木々を見ています。

雪化粧をしたデンマークの田舎の一軒家
（写真提供：大塚絢子）

「夏には見られない美しい景色よね！」と、彼女は目をキラキラさせながら言いました。

「ここにいる雪だるまだって夏には見られないもんな。素敵だな！」と、男性が言いました。

雪だるまは番犬に、あの二人が何を話しているのか聞きました。すると、イヌからは嘲りの言葉が返ってきました。

「コーイビトたちだよ！　これからイヌ小屋に入って一緒に骨をかじるんだろう」

番犬が「コーイビトたち」と伸ばして言ったのは、ヤエムグラ(2)の話し方を真似してバカにしたからです。それに、一人で外につながれて寂しかったため、カップルに向かって嫌味を言ったのです。

イヌは、過去に対して心の傷をもっています。彼が子イヌだったころ、家の人たちは彼にキスをして抱きしめ、刺繍のついた布で体を拭いてとてもかわいがりました。彼は、ストーブのそばでずっと甘やかされていました。しかし、今は寒いところに追い出されています。彼の運命は一転したのです。このイヌの運命は、カップルに対する嫌味に表れています。二人いれば確かに暖め合うことができますが、片方がもう片方を追い出してしまうかもしれない可能性だって十分にあるのです。ここで登場する女性の目はキラキラと輝いていますが、番犬は暖かさが一瞬にして寒さに変わってしまうことを知っているのです。

（2）アカネ科の1～2年草。荒れ地・畑などが多い。茎は四角く葉は狭い枝針形で数個ずつ輪生。夏、葉腋や枝先に淡緑色の小花をつける。果実は二分果からなり、かぎ状のものが密生する。

ところで、番犬はどうして外に追い出されてしまったのでしょう？　彼は、末の息子の足を噛んだのです。

「その子が足で俺を蹴飛ばしたんだ。だから、その足を噛んだのさ」

霜の上を寒さが吹きつけ、番犬は暖かい室内に戻りたいと願っています。イヌにとって、外は死神のいる寒い場所です。逆に、雪だるまにとっては寒い寒い外は喜び以外の何ものでもありませんが、彼はイヌの話を聞いて、室内にあるストーブというものに興味をもちはじめました。

「あぁ、今でもストーブの夢を見るんだよ。こんな思いどっかにいっちまえ！」

「ストーブってそんなに素敵なの？　僕に似てる？」と、雪だるまが聞きました。

「お前とはまったくもって逆だよ！　ストーブは真っ黒なんだ。鉄でできた長い首があって、木を食べるんだ。そうすると、口のなかで火が燃えるんだよ。みんなその近くに寄るんだけど、それが極上の幸せでね！　ほら、そこからも見えるだろ？」

雪だるまには、確かにその黒いものが見えました。火が下のほうで燃えています。それを見た雪だるまは変な気分になりました。それは、説明のしようのない気持ちでした。

上に、何かが覆いかぶさったような感じです。それは雪だるまはまったく知らないものでしたが、雪だるま以外の人は誰でも知っているものです。

そうです、雪だるまは恋に落ちたのです。しかし、簡単に恋に落ちたと言ってしまうのは危険です。彼は何か説明できないものを感じています。「お前は何も知らないだろう。生まれたばかりだからな」と、番犬は言いました。雪だるまは昨日つくられた、つまり昨日生まれたばかりなのです。昨日生まれたばかりの人に恋に落ちることを説明するのは困難です。ブリッシャー（四九ページの注を参照）の物語に登場する田舎の教師やモーテン・ヴィンゲでさえも、もしオーヴィッド(3)の作品を読んでいなければ彼の気持ちを理解することはできなかったでしょう。

「やっと、自分がどうなったかのかがわかったぞ。オーヴィッドは、実によく私にこの病気の説明をしてくれた。もし、それが正しければ、この病名は『アモール』というものらしい。つまりは愛だ。私が魅かれる相手はもちろんソフィーだ」

もちろん、雪だるまがオーヴィッドを読むことはできません。

愛・情熱は雪だるまにとってはまったく未知のものでしたが、雪だるま以外の人は誰でも知っているのです。

（3）Ovid（本名 Publius Ovidius Naso）（43 B.C. - A.D. 17）。ラテン文学の黄金期を代表する詩人の一人。彼の作品は、英国のチョーサー、シェークスピア、ミルトン、イタリアのダンテに影響を与えた。

堅い、動かない人のことを「木のような人（ツリーマン）」と言うことがありますが、「雪だるまのような人（スノーマン）」という表現はありません。しかし、アンデルセンは雪だるまを人と関連させて表現しました。そして、情熱は人を死へと導きます。この物語の雪だるまは人間の象徴です。雪だるまも、情熱を抱いたまま死を迎えます。

「どうして彼女から去ったんです？」と、雪だるまは番犬に聞きました。雪だるまは、ストーブを女性だと感じたのです。

語り手のコメントは、「雪だるまはストーブを女性だと感じたのです」という洗練されたものになっています。このコメントについて少し考えてみましょう。ここには、雪だるまがストーブを女性だと思ったことしか書かれてありませんが、そこにはもっと深い理解があるように感じます。ですから、このコメントを語るときは一呼吸入れることが大切となります。そして、聞き手も想像力を膨らませて聞かなければなりません。

雪だるまは、ストーブが女性だと感じました。そこには、危険な女性の香りが漂っています。ある賛美歌には、女性を表現するフレーズとして「軍隊のように恐ろしい」と書かれてあります。

（4）偶蹄目ウシ科のレイヨウ類の一群。四肢が細く、優美な姿態で、雄の角はコルク栓抜き状にねじれるか、長く後方に反る。アフリカ・アジアの乾燥地帯に分布。

彼女は誘惑した。彼女の胸は双子のガゼルのようで、魅惑的で美しく、すばらしい。これが、彼女のクライマックスなのだ。彼女は危険で、軍隊のように恐ろしくもある。(4)

情熱は、その人の最期を意味します。物語には、彼はストーブを女性だと「思った」のではなく「感じた」と書いてあります。雪だるまがそう感じたときには、すでに彼の心はその場にはありません。番犬の話も聞いてなどいません。

雪だるまはもう何も聞かず、ただじっと家のなかを見つめています。ストーブは四本足で立っていて、大きさは雪だるまと同じくらいです。

雪だるまが見たもの、感じたものは、すべて夢モードで書かれています。しかし、現実は違います。彼女の口のなかで燃えている火は、雪だるまにとっては非常に危険なものなのです。そして、彼女は四本足なのです！

「なんかキュンとするなぁ。一生、なかには入れないのかなぁ」

これは、雪だるまの純真で一番の願いです。もし、その願いが達成されないのなら、こんなに不公平なことはありません。

「窓を割って、彼女のもとに流れ込みたい！」

彼がいろいろなものを感じるたびに、そのエロティックな願い、純真な願いはおもしろみを増していきます。とはいえ、雪だるま自身は、「流れ込む」という単語の多義性を知りません。彼がストーブのもとへ流れ込むということは、ストーブに近寄って液体になってしまうことを意味しているのです。

「ストーブには近寄れないよ！　近寄ってはダメだよ！　そうしたら、お前が消えてしまう！　離れるんだ」と、番犬が言います。

「もう十分離れてるじゃないか！」と、雪だるまは言います。

『モミの木』（「2　耳を傾けてみましょう」を参照）の物語では「昔」という単語がよく登場しましたが、今回は「離れて」や「どけ」といった言葉がよく出てきます。「離れて」という番犬の声が何度も聞こえます。

「離れて」というのは、雪だるまの地上でのはかない命も暗に意味しています。番犬は、雪だるまが知らないことも知っています。それは、雪だるまがもうすぐこの世からいなくなってしまうということです。番犬は、雪だるまの運命をこれまでも毎年見てきているのです。しかし、雪だるましか知らないこともあります。それは、彼の心がもうすでに彼女のもとに飛んでいってしまっているということです。

雪だるまは、熱い愛について語りたくて仕方ありません。雪だるまが、初めてその真っ白な頬を赤く染めた愛なのですから。

ドアが開くたびにストーブの熱が外まで伝わり、雪だるまの顔は真っ赤になります。

「もう我慢できないよ！　あの舌がいい！」と、雪だるまは言います。

物語は終わりに近づいています。それは、雪だるまの短い命と熱い愛の物語の終わりでもあります。どの文章も、雪解けの時期を予感させます。雪だるまは、自分が我慢できないのは愛のせいなのか外の気温のせいなのかわかりません。彼が唯一わかっているのは、「我慢できない」ということです。しかし、彼はまだ自分がもうすぐなくなってしまうことを知りません。

このストーブは、すべての美しさをまとっていると言う人もいます。このロマンティックな愛のパロディーは黒い四角形の体であり、美しいストーブの炎の舌なのです。本来、舌を出すという行為は相手をバカにした行為でもあります。では、彼女は雪だるまをバカにしているのでしょうか？　彼女が雪だるまに言いたかったのは、「入っておいで！　私があなたを恐れているのではなくて、あなたが私を恐れているんでしょ」ということだったのでしょうか？　そうです、彼女は彼を嘲弄していたのです。そして、それが雪だるまにとっては刺激的なことだったのでしょう。

ここにも、美感に訴えるものがあります。そう、彼女の赤い舌です。雪だるまは、「あぁ、あの舌で舐められたら……」といったエロスのようなロマンティックさを切望しているのです。しかし、その永遠に叶うことのない切望が世俗的なもの、つまりストーブであるというのがなんとも笑える部分です。

再び、マイナスの気温になりました。雪が降ってくると雪の結晶が窓に積もり、雪だるまにはストーブが見えません。

ギシギシときしむのは雪のせいでしょう。周りの人たちは雪だるまを見られてうれしいけれど、雪だるま自身は楽しんでなどいません。本来ならば幸せであるべきなのですが、幸せな気分にはなれません。雪だるまは、ストーブへの切望でいっぱいなのです。

「雪だるまが重い病気にかかったぞ！」と、番犬が言います。

雪が降るということは彼にとっては喜ぶべきことなのですが、その雪のせいで愛しいストーブは見えません。一方、雪解けは彼にとっては不幸のはずなのに、今の彼にとっては幸せなことになるのです。

「天候が変わってきた。雪が解けてきたぞ。そして、雪だるまはなくなっていく」

とうとう、雪だるまは完全に溶けてなくなってしまいました。番犬は、雪だるまの悲しい恋を次のように説明しました。

「やつの体のなかには、ストーブの火掻き棒が入っていたんだ。これが雪だるまを突き動かしていたんだな。やっとわかったぞ。さぁ、どけるとするか！」

この番犬の説明は十分であるにもかかわらず、私たちはそれを理解することができません。雪だるまは、みんなが静かにしている間に溶けていったのです。

私は、この物語自体はアンデルセンの物語のなかでも『カラー』と並ぶくらいもっとも不品行なものだと思っています。この物語は季節の移り変わりを描いた「普通」なものであり、議論の余地はないという見方をすることもできます。しかし、物語の最後に芸術や真実について語ることができる余地が残してあるのも事実です。雪だるまは、男の子たちの手によってつくられた芸術作品でもあります。ペア・オーロウ・エンキスト（四七ページの注を参照）の知人が言うには、「芸術はアイスキューブの上の絵のようなものだ」そうです。愛のささやきを伝えるということは、人間の息でも溶けてしまうようなものに息をふきかけるということなのです。

『カラー』のあらすじ

ある立派な紳士の家に、きれいなカラー（洋服の襟）がありました。年頃になったカラーは、そろそろ結婚を考えるようになりました。彼は靴下どめ、アイロン、紙切り鋏、そして櫛と次々に結婚を申し込みましたが、ことごとく断られてしまいました。それから長い時が経ち、カラーは製紙工場の箱の中へやって来ました。そこでは、使い物にならなくなったぼろたちの集会が開かれました。その中でも、カラーが一番おしゃべりでした。というのも、彼はプロポーズをして振られた相手達との熱い恋の話を得意げに語っていたのです。

結局、カラーは白い紙になってしまいました。そして、この白い紙というのが今私達が見ている紙なのです。このことを、私達は教訓として覚えておきましょう。いずれ私達もぼろになって白い紙にされ、自分達の秘密の話まで印刷されてしまうかもしれないのですから。

10 完全なる理解

アンデルセンの物語のなかには、私たち聞き手の期待を大いに裏切ってくれるものもあります。『お父さんのすることはいつも正しい』は、そのよい例でしょう。そこには、私たちが知っている話とはまったく違う世界が広がっています。

男が、一頭のウマを連れて野原を歩いています。彼はウマとウシを交換し、それをまたヒツジ、ガチョウ、ニワトリと交換していきます。そして、最後には腐ったリンゴでいっぱいの袋を手にして帰ってきます。

男は、途中で出会ったイギリス人とある賭けをしました。男が帰宅したとき、奥さんが怒ってストーブに男を投げ込むかどうかという賭けです。しかし、男が家に帰ると、腐ったリンゴを手にした男を見ても奥さんはまったく怒りませんでした。つまり、彼は賭けに勝ったのです。

フュン（Fyn）島の田舎の風景。（写真提供：大塚絢子）

この話が笑えるか否かは、語り手にかかっています。アンデルセンは幼いころ、この話をフュン島で聞きました。ヨハネス・V・イェンセン(1)は、この話は非常にフュン島らしい物語だと言いました。そして、もしこれがフュン島の物語ではなく、ヨハネスの出身地であるヒマラン（Himmarland）のものだったら、まったく逆の内容になっていただろうと言いました。つまり、こうなるのです。

「ある男は、リンゴの袋を持って家を出ていきました。そして、次々と良いものへと交換していき、最後にはウシを引いて帰ってきました。しかし、物々交換をしたと知った奥さんは、ウシと交換するくらいなら二頭のウマが欲しかったと拗ねました」

この、旦那さんが物々交換をしていくお話『お父さんのすることはいつも正しい』は、アンデルセンが書いたなかでも、もっとも温かくて幸せな愛の物語です。物語に登場する老夫婦の信頼関係には感心させられます。

物語は、非常に贅沢なユーモアであふれています。民話の内容だと、登場人物の男のことを笑うことしかできませんが、アンデルセンの物語では聞き手も一緒になって微笑むことができます。この物語のユーモアは、ばかげた夫婦に対してではなく、二人の「おかしな」信頼関係のなかに見ることができるのです。それは、温かで幸せな笑いです。

（1）Johannes Vilhelm Jensen（1873～1950）作家。1898～1910年にかけて『ヒマラン物語』を出版する一方で、新聞のジャーナリストとしても活躍した。世界各地を旅しながら作品を書きため、1944年にはノーベル文学賞を受賞。

今からお話する物語は、私が昔小さかったころに聞いたものです。私は、このお話は人々に聞かれるたびに美しくなっていくように思います。まるで、年を重ねるごとに人が美しくなるように。なんて素敵なんでしょう！

この冒頭の部分は私も同感です。これは幸せな愛の物語なので、人々に聞かれるたびに美しくなっていくのです。ただ、私の経験上、これはすべての愛の物語に言えることではありません。また、みんなが年を重ねるごとに美しくなっていくわけでもありません。あくまで、相互愛によってお互いに美しく愛し合っている二人の物語だからそうなるのです。

温かくて素敵な雰囲気は、すでに冒頭の老夫婦の家の描写から漂っています。アンデルセンが田舎の牧歌的な風景を描くときは、いつもそこにはユーモアが盛り込まれています。それは、彼が書いた詩『道を曲がった向こうに』にも見ることができます。

道を曲がった向こうに
家がきれいに建っている
壁は傾き
窓ガラスはとても小さく

ドアは膝くらいまで沈んでいる
イヌがいる、小さな動物も
屋根の下には素敵な女性
太陽が沈んで…

「…」は、皮肉の意味で使われているのではありません。デンマーク人は、田舎の様子を逐一書かなくても、必要最小限の表現でそれらを頭のなかに描いてくれるのです。私たちデンマーク人は、毎年送るクリスマスカードにもすべてのフレーズは書きません。ですから、省略をしているところは、聞き手や読み手に想像をしてもらうのです。つまり、この「…」には、私たちを想像の世界へと運ぶ効果があるのです。そして、物語の冒頭部分にもこの詩の内容と同じように田舎の風景が描かれています。

あなたも田舎に行ったことがあるでしょう。それなら、本物のわらぶき屋根を見たこともあるでしょう。田舎では、ジャガイモやほかの野菜も勝手に育ちます。そして、コウノトリは人々にとって欠くことのできない存在です。壁は傾き、窓はあるけれど、そのうち開けられるのはたった一つだけです。オーブンは太ったお腹のように膨らんでい

フュン島のわら葺き屋根の家。
（写真提供：大塚勝弘）

て、古い低木がアヒルの水飲み場がある塀のあたりまで傾いています。その水飲み場には柳が茂っています。そして、番犬が誰にでも吠えています。

この文章と先ほどの詩は非常に似ています。違いは何でしょう？ あえて言えば、最初の詩は少し風刺的で、あとの文章のほうがよりユーモアがあるという点でしょうか。

物語に出てくる田舎の家は裕福ではありません。そして、そこに住む夫婦に物欲というものはありませんが、「コウノトリだけは欠くことができない」のです。これはもちろん、コウノトリが人間の糧になっているということではありません。実際は、コウノトリは人間にとって何でもない存在なのです。しかし、その事実に気づいてしまうと悲しくなります。

ここには、どうやって生計を立てていくかわからず、生活を改善しようともしない一組の夫婦が住んでいます。彼らは、身の周りにあるものだけで間に合わせようとします。よって、窓を修理しようともしません。その窓は開くのですが、閉まらないのです。窓から新鮮な空気を入れることができれば、それだけで満足なのです。

なかには、「窓を直すと言っていたのに直さないなんて。もう、こんなところ我慢できない！」と怒る奥さんもいるでしょう。もちろん、窓を直すに越したことはないのですが、彼らには、別にそれが生きている間でなくてもいいのではという思いがあるのです。常に改善や変化を好む人もいますが、ここに登場する夫婦はそのようなタイプではないようです。

だからといって、そこでの生活は悲観的なものではありません。「太ったお腹のようなオーブン」という表現からもわかる通り、実は愉快なものなのです。お腹を想像させること自体、愛情のある表現方法です。そして、イヌは誰にでも吠えますが、この吠えることも温厚さを意味しています。このイヌは噛み付きませんし、人間と何ら変わらない存在なのです。

この夫婦について知っておくことが二つあります。一つは、彼らがそんなに家にこだわりをもっていないということです。何かをもらえれば非常にラッキーなことだし、そこから利益が得られればなおラッキーなのです。

もう一つは、彼らが自分たちが欲するものが何なのかをわかっていないということです。ほとんどの人は、自分が何が欲しいのかきちんとわかっています。しかし、ここに出てくる夫婦は、それが何なのかがよくわからないのです。自分の欲しいものがわからないとなると、「世の中には自分を幸せに感じさせてくれるものがないんだ」とか「自分は何ももっていない」という悲観的な感情を抱いてしまうかもしれません。しかし、前向きに考えれば、同じ状況でも「何を望んだらいいのかわからない（＝何不自由していない）」ということになり、それが生きる喜びにつながるということもあるのです。

この種の民話やことわざには、財産や豊かさに対するユーモアがあります。「物々交換をして利益を得ようとした者がいました。ウマを連れて出ていった彼は、腐ったリンゴの袋を抱えて戻ってきました」という話は、単純に聞いただけでもバカげたものです。しかし、実はユーモアは別のところに存在しているのです。重要なのは、誰も利益になるものが何なのかをわかっていないということです。もし、何が必要で、どうすれば得になるのかがわかってしまったら、冒険する意味もないし、帰宅して驚く奥さんの顔もなくなってしまいます。

「お父さん、あんたが一番よくわかっているものね」と、奥さんが言いました。「市場にはお客さんがたくさんいるけど、そこまでウマで行ってお金に換えるなり、ほかのものと交換するなり、あんたのしたいようにすればいいわ。あんたのすることは、いつでも正しいんですもの。さあ、ウマを連れて市場へ行ってきなさいよ！」と言うと、彼女は旦那さんの首に布を巻きました。なぜなら、彼よりも彼女のほうがうまく結べたからです。彼女はそれを固結びにしたので、とてもきれいに見えました。彼女は自分の手で彼の帽子をきれいに拭いて、彼の温かい唇にキスをしました。そして、彼はウマにまたがり、商売の旅に出ました。

理解するという単語はさまざまな意味をもっています。「ヘブライ語を理解する」という場合の「理解」と、「商いを理解する」の「理解」は別のものです。商いを理解するというのは商売上手ということで、ときには賢すぎるだとか抜け目がないということも意味しています。「彼は商いを理解しているよ」というのは、「彼は数字に長《た》けている」という意味です。つまり、彼はただ計算ができるだけではなく、そこから利益を生み出すことができるということです。

しかし、奥さんが旦那さんを見送り、別れのあいさつをしているときは、彼が利益を生み出してくれるなんて思ってなどいません。すべては、彼への信頼なのです。「お父さんが一番わかっている」というのは、彼がずるがしこくて儲けるのがうまいと言っているのではないのです。

このように、「理解」という単語にはさまざまな観念があります。たとえば、「二人はお互いに理解を示した」と「二人はお互いを理解した」というのでは意味が違ってきます。前者においては、奥さんは本当は旦那さんに対して不満や落胆の気持ち、もしくは怒りの感情を抱いているけれどそれを見せない、つまり理解を示したという意味になります。一方、後者は、自分を抑えたり我慢をする以前に、お互いがお互いにとって非常によい相手であることを意味しているのです。

「彼女はそれを固結びにしたので、とてもきれいに見えました。彼女は自分の手で彼の帽子をきれいに拭いて、彼の温かい唇にキスをしました」という部分は物語のなかのほんの一部分ですが、この場面こそ、本当の愛を描いている部分でもあります。彼女はただの唇ではなく、温かい唇にキスをしたのです。そして、語り手もこの場面からは意識して表現しています。温かい唇の反対は冷たい唇です。冷たい唇は、侮辱、憎悪、死を意味します。

これは別れのキスです。もしかしたら、家を出た彼に何か悪いことが起こるかもしれません。別れたときに温かかった唇が、次に会うときには冷たくなっている可能性だってあるのです。私たちの唇が温かく、一日が無事に過ぎていくということは決して当たり前なことではないのです。ただ、幸いにも旦那さんは無事に帰宅しました。

「ただいま！」

「お帰りなさい！」

「ほら、交換してきたぞ！」

「やっぱり、あんたは正しいわ！」

奥さんはそう言うと、彼の腰に手を回しました。もう、袋のことなどすっかり忘れています。彼女は、彼が出掛けるときにキスをし、戻ってきたときには抱擁をしました。それも、長い間ずっと会っていなかったときのように。

「この人は生きていた！　私のところに帰ってきたのよ！」

彼女は、彼の持って帰ってきた荷物にはまったく目もくれませんでした。

　この場面から、彼女がどれだけ旦那さんを愛しているのかがうかがえます。彼が何を持って帰ろうと、奥さんには関係がありません。奥さんは、彼そのものを愛しているのです。そして、旦那さんもまた奥さんを愛しています。彼がしていることと言えば、いつも奥さんを喜ばせることです。ヒツジをガチョウと交換したのも、彼女がよく「一羽でもガチョウがいればねぇ！」と言っていたからです。次にガチョウとニワトリを交換したのも、そのニワトリが今まで見たことないほど美しいニワトリだったからです。

　　このニワトリは、家にいる座ってばかりのニワトリよりずっときれいだ。

　最後に、旦那さんはニワトリと腐ったリンゴの詰まった袋を交換しました。これも、家にいる彼女のことを考えたからこそです。

「何を持っているんだい？」と、旦那さんは男の子に聞きました。
　すると男の子は、「腐ったリンゴだよ！　ブタの餌にするんだ」と答えます。
「これはすごい量だ！　彼女に見せてあげたいなぁ。家のリンゴの木には一個しか実がならなかったんだ。そのリンゴを彼女は財産になるからという理由でヒビが割れるまでタンスに入れて取っていたんだ。そうだ、これを持って帰ってあげよう！」

一方、彼がいない間、奥さんは何を考えていたのでしょうか。

「あなたが出かけているとき、今晩の夕食はすごくおいしいものをつくってあげようって考えていたのよ。エゾネギ入りのオムレツにしようって」

しかし、卵はありましたがエゾネギがなかったので、彼女は隣に住む校長先生の奥さんにもらいに行きました。

二人とも、お互いのことを考えながら一日を過ごしたのです。旦那さんが、腐ったリンゴに辿り着いたいきさつを奥さんに説明したとき、彼女は彼のやさしさにうっとりしてしまいました。

「あんたは、いつも思いやりのある人だわ。本当にやさしいのね！　いつも私を喜ばせようと考えてくれる。なんてうれしいんでしょう！　キスをしてあげなくちゃね。ありがとう！」

世の中には、「どうしてそういうことをするの？　私のことは全然考えてくれていないじゃない！」といったように、お互いに侮辱し合う夫婦もいます。しかし、この物語の夫婦は違います。二人はすばらしい関係を築いています。旦那さんが何をしようと奥さんには関係ないのです。なぜなら、彼の行為はすべて奥さんのためなのですから。彼が次々にばかな取引をしていく背景には、奥さんへの愛があったのです。彼は物を交換するたびに奥さんのことを考えていたのです。

時には、夫婦の間でもお互いが間違えないように注意をすることもあります。しかし、その際は、たとえ理解していてもその様子を夫に見せてはいけません。それが女のやさしさです。

旦那さんが市場から帰る途中に出会ったイギリス人たちは、「君が腐ったリンゴを持って帰ったら奥さんは絶対怒るはずだよ！」と言いました。しかし、旦那さんは、「いや、私にキスをしてくれるはずだ！」と言い返しました。

そして、帰宅をした旦那さんは奥さんに向かって「ほら、交換してきたよ！」と言います。すると彼女は、「ちゃんとやってきてくれたのね！」と彼を歓迎しました。旦那さんが何を持って帰ってきたのかも聞かずにこんなことを言ってしまう彼女の彼への信頼も無鉄砲なものです。しかし、それもまた「理解」なのです。

ところで、太ったお腹のように膨らんだオーブンの話を覚えていますか(2)？　この表現は、夫婦が二人ともふっくらしていることを暗示しているということに気づきましたか？　だか

（2）172ページの冒頭を参照。

らこそ、この二人がリンゴでいっぱいの入れ物のなかに横になると、その重さでリンゴがあふれ出たと描写されているのです。

物語に登場するイギリス人たちと金貨は、あまり大きな役割を担っていません。財産や所有物はどうでもいいのです。旦那さんの、この一日の体験こそが重要なのです。彼の冒険は無意味なものではなく、経験であり、視野であり、楽しみなのです。

そして、すべての基盤になっているのは、腐ったリンゴでも、換えることのできる金貨でもなく、相互愛と幸せなのです。彼らは、お互いを支配しているわけではありません。愛し合い、理解し合っているのです。もし、彼らが支配し合っているのであれば、互いの愛もウマやウシ、ヒツジ、ガチョウ、ニワトリのように彼らの手から滑り落ちてしまうでしょう。そして、お金もです。

もし、何か賭け事をするなら、私はまだあの家の窓が壊れかけたままかどうかを賭けてみたいですね。

11 モノについて話している間に

世界中のものが私を必要としている。
私を通り過ぎていくものはない。
泣いて、笑って、夜明けと夜更けが私に歌いかける。

ハルフダン・ラスムッセン(1)

アンデルセンの物語でおもしろいのは、モノも言葉を発することです。陶器の人形、ボトルネック、シャツの襟、ティーポット、手押車、屋根、ボール、かがり針などが話をするのです。そして、彼らが話す言葉にはいつも多義性があります。たとえば、シャツの襟が「擦り切れる」という表現は、物語のなかだと「傷つける、ウソをつく、疑わしい」という意味になります。そして、デリケートで軟弱な人は、「ワレモノのような人だ」と言われ、そんな女性をケアするときは「彼女をやわらかいもので包んだ」と表現します。

アンデルセンは、陶器の人形たちの世界を描きました。『ヒツジ飼いの娘とエントツ掃除

(1) Halfdan Rasmussen (1915〜2002) 詩人・作家。子どものための本の団体で活躍した。主な作品に『兵隊と人間』などがある。また、死刑廃止や難民支援の活動で知られるアムネスティ・インターナショナルのメンバーとしても働いた。

屋さん』というお話です。この物語では、女性の気まぐれに振り回される男性がうまく表現されています。

男の子の家の戸棚の上に、木でできた人形が置かれています。彼はそれを見るたびにおかしくなってしまいます。

その人形は雄ヤギの足をもっていて、顔からは小さな角が出ており、長いひげもついています。その姿はなんともおかしいものでした。そんな人形を子どもたちは、「オオキナセンソウデメイイレイスルリクグンカシカンノサイジョウイデアルソウチョウノジョウゲニアルオヤギノアシ」と呼んでいました。その名前を呼ぶのは難しいですし、ほかにあまりこういう風に呼ばれているものもありませんでした。

彼は、いつでも鏡の下のテーブルをまっすぐ見て立っています。なぜなら、そのテーブルにはかわいらしい小さな陶器の女の子がいるからです。しかし、その女の子の隣には別の陶器の人形がいます。それは、エントツ掃除屋さんの人形でした。

彼はエントツ掃除屋さんですが、ほかの人形と同じくらいきれいで素敵です。彼はどうせならエントツ掃除屋さんではなくて、王子様としてつく

ヒツジ飼いの娘とエントツ掃除屋さんの絵が描かれたロイヤル・コペンハーゲンのプレート。
（写真提供：大塚絢子）

ってくれればよかったのに思っていました。彼は、ハシゴと一緒に逞しく立っています。しかし、顔は女の子のように白くて、頬がほんのりと色づいています。

エントツ掃除屋さんは、実際、自分が想像している掃除人とは違いました。本当ならエントツ掃除人の顔は黒くあるべきですが、彼は置き物としてつくられたので白くてきれいな顔をしているのです。つまり、彼はエントツ掃除屋さんの形をした陶器なのです。そうでなければ、置き物として買われることはないでしょう。人は、本当に汚れたものは気に入らないものです。

「置かれる」という言葉にも二つの意味があります。「彼はいい立場に置かれている」と言うときは、彼が裕福なことを示し、家族を養っていけるという意味になります。

彼は、ヒツジ飼いの娘の非常に近くに立っています。彼ら二人は一緒に立っているので、お互いに支え合おうと約束しました。なぜなら、彼らは同じように若くて、同じ陶器で、同じくらい壊れやすいからです。

同じように壊れやすいのです！　もろいのです。人間側からすれば、彼らは置き物としてつくられて飾られているだけです。若い人ははかなく、彼らの精神は純粋なのです。しかし、その価値はもろいのです。

　彼らの近くに、彼らの三倍ほどもある人形が立っています。お辞儀をすることができる、年老いた中国人の人形です。彼もまた陶器で、このヒツジ飼いの娘のおじいさんにあたります。彼は孫娘に対して権限をもっていると主張していますが、自分がヒツジ飼いの娘の祖父であるという証明はできないでしょう。このおじいさんは、彼女への求婚者であるオオキナセンソウデメイレイスルリクグンカシカンノサイジョウイデアルソウチョウノジョウゲニアルオヤギノアシに対していつもお辞儀をしているのでした。

　この文章には、語り手の工夫が見られます。本当なら、「彼はそれが証明できないのです」と言い切ってしまってもよかったかもしれません。しかし、「でしょう」とすることで語り手が完全に否定をしたくないという意図を表すことになります。つまり、聞き手側に疑問を投げかけたいのです。ここの「でしょう」という言葉は、話をシリアスかつおもしろく仕上げています。親子関係の認知訴訟なんて話はよく聞きますが、祖父と孫の認知訴訟なんて話は聞いたことがありません。ですから、「証明はできないでしょう」という表現になるのです。

　ところで、「オオキナセンソウデ《大きな戦争で》メイレイスル《命令する》リクグンカシカンノ《陸軍下士官の》サイジョウイデアル《最上位である》ソ《総長》

ウチョウ《の上下にある》ノジョウゲニアルオヤギノアシ《おヤギの足》」よりも長い単語をあなたは聞いたことがありますか？　文字数は五二にもなります。五二文字が五六文字になることはあるでしょうか？　おじいさんは考えました。自分の孫が、このオオキナセンソウデメイレイスルリクグンカシカンノサイジョウイデアルソウチョウノジョウゲニアルオヤギノアシと結婚すれば、彼女はオオキナセンソウデメイレイスルリクグンカシカンノサイジョウイデアルソウチョウノジョウゲニアルオヤギノアシノカナイ《の家内》になるではないか、と。

「私、あんな暗い戸棚に入りたくないわ！　それに、彼には一一人もの陶器の奥さんがいるって聞いたわ！」と、ヒツジ飼いの娘は言いました。
「それなら、お前が一二人目になればいいじゃないか！」と、中国人のおじいさんは言いました。
「今晩、戸棚がきしんだらすぐに結婚するんだぞ！　私は中国人なのだ！」と、うなずきながら、彼は眠りに落ちました。

子どもは、このおじいさんのうなずきが何を意味しているのかちゃんと知っています。大体において、うなずきは重要なことを意味しています。子どもが「これしてもいい？」と聞いて大人がうなずけば、それはＯＫの印です。一方で、うなずきは疲れのサインのときもあります。この中国人がどちらの意味合いでうなずいたかは聞き手側の判断によって変わってくるでしょう。

ヒツジ飼いの娘は泣いていました。そして、大好きな恋人であるエントツ掃除屋さんを見つめて、言いました。

「お願い。私と一緒に外の世界に行って！　ここじゃ、とても生きていけないわ！」

「あなたの願いは私の願いです！　さぁ、今すぐ出ていきましょう。私の仕事であなたを養いますから！」

「早く外の世界へ行かなくちゃ！　それまで安心できないわ！」

物語を最後まで聞かないかぎり、このエントツ掃除屋さんの「あなたの願いは私の願いです」という台詞がとてつもなくおもしろいものだとは誰も気づかないでしょう。こういった発言は愛し合う恋人たちの間でたびたび聞かれることですが、エントツ掃除屋さんはこの約束の重要性を予見することができませんでした。

ここでのポイントは、彼女自身が本当は何を望んでいるのかをよくわかっていないということです。彼女の希望はコロコロ変わっていきます。彼女はホルベアのルクレチア(2)のミニ版とも言えるでしょう。多くの選択肢を抱えている人にそのようなことを言ってしまうのは致

（2）（Lucretia）ホルベア（40ページの注を参照）のコメディー劇『移り気』の登場人物。

命的です。しかし、彼は言ってしまったのです！

彼らは、テーブルから飛び降りて逃げました。オオキナセンソウデメイレイスルリクグンカシカンノサイジョウイデアルソウチョウノジョウゲニアルオヤギノアシが叫びました。「あいつらが逃げたぞ！」

二人は、トランプやおもちゃの小さなコメディー劇場の入った引き出しに隠れました。その劇場で上演されるコメディーは、お互いに結ばれることのない悲しい恋愛話だったので、ヒツジ飼いの娘はその劇を自分の立場と重ねて泣いてしまいました。そして、彼女は「もう見てられないわ！　もうここから出る！」と言い出しました。

つまり、彼女はひとつの場所に長い間いることができないタイプなのです。そして、劇は愛についての場面になりました。エントツ掃除屋さんがポプリの入れ物のなかに隠れようと提案しましたが、彼女はあの中国人がポプリの入れ物と婚約者であったことを思い出し、断りました。

「そのような関係のモノ同士はお互いに味方となるでしょう」

しかし、彼らはどうしてもエントツを通らなければいけませんでした。エントツ掃除屋さんはすでに心に決めていましたが、念のためヒツジ飼いの娘に二度と戻ってこられないけど、それでもいいのか尋ねてみようと思いました。すると、彼女は「まったく構わないわ!」と答えました。

エントツ掃除屋さんは、彼女の言葉を信じることにしました。そして、小さい彼らにとってこの旅が想像以上に長旅で、多くの困難やトラブルに突き当たることも覚悟したうえで出発しました。彼らは自由を目指して、彼女の希望通りに行きました。しかし、やっとの思いで外の世界に出たヒツジ飼いの娘は次のように言って嘆きました。

「つらすぎるわ! こんなの我慢ができない! 世界が大きすぎるわ! また、あのテーブルの上に戻りたい。あそこに戻らなくちゃイヤ! あなたが外の世界を見られたのは私のおかげなんだから。もし、私を大切に思うなら家に連れて帰って!」

そう言うと、彼女は彼を抱きしめてキスをしました。彼は、それに従う以外ありません。仕方なく、彼らはこれまで来た道をまた戻ることにしました。往きと同じようにエントツを下り、ストーブを抜けて、そしてやっとの思いでリビングに辿り着きました。すると、そこにはあの中国人のおじいさんが三つに割れて倒れていました。しかも、頭の留め金の部分がはずれて、揺れていました。

それを見たヒツジ飼いの娘は、またコロッと意見を変えました。「ひどいわ！　おじいさんがこんなかけらになってしまって。私たちのせいだわ！　何てことをしてしまったのかしら！」と言って、その小さな手を胸の前で組みました。それを見たエントツ掃除屋さんは、愛情いっぱいに彼女を元気づけました。


「彼を修復することはまだできるよ！　落ち着いて！　また、糊でくっつければ背中も元通りになるし、新品みたいにピカピカになるよ。そうしたら、また僕らに不愉快なことを言えるくらい元気になるよ！」


結局、中国人の体は元通りくっつきましたが、前のようにうなずくことができなくなってしまったので、ヒツジ飼いの娘はもうどこにも行かないと決心しました。そして、陶器の二人は助け合って中国人を支えました。

この陶器たちの世界には裏表があります。私たち人間の世界も同じです。人間関係が崩れそうなとき、それを修復しようと心がけるところなんかは人間の世界とそっくりです。

『ブタの貯金箱』という物語もモノが主役です。子ども部屋にある棚の一番上の部分に、ブタの貯金箱が置いてあります。

あまりにたくさんのお金が詰められていたので、ブタの貯金箱はガチャガチャという音もしなくなっていました。これ以上はもう何も入らない、といった状態でした。ブタの貯金箱は、棚の一番上から下を見下ろしました。ブタは自分のお腹のなかにあるものですべてのものが買えることを知っていましたし、それはそれはいい気分でした！

彼は、部屋の下をすべて見回すことができました。モノの世界は論理的です。彼が下のものをすべて見ることができるということは、下のモノもすべて彼を見ることができるということです。

おもちゃたちがパーティーを開くとき、ブタの貯金箱はこの高い地位のおかげで特別な待遇を受けます。

ブタの貯金箱は、手書きの招待状をもらった唯一のモノでした。下にいるおもちゃたちは、彼が高い位のモノなので、パーティーへの参加が可能がどうか聞こうと思ったのでした。しかし、彼はたとえ行けないにしても返事はしませんでした。

『ボトルネック』には、ボトルネックが鳥の餌入れとして登場します。鳥かごのなかでは、コルクの栓をしたボトルネックが逆さに吊るされて水でいっぱいになっています。ボトルネックは不満でいっぱいです。なぜなら、鳥のように歌うこともできないからです。
「そりゃ、あなたは歌えるでしょうよ！」と、ボトルネックが言いました。もちろん、ボトルネックは話さないですが、このようなことを考えていました。

「あなたはもちろん歌えるでしょうよ！　口がふさがれていないんだから。あなただって、私と同じようにスカートを失くして喉と口にコルクを詰められたら歌えないでしょう？　でも、喜んでいる人がいるのはいいことだわ！」

モノの世界は論理的です。人間だって喉と口にコルクを詰められたら歌うことはできません。しかし、モノの世界で得なのは、ボトルネックは歌えませんが、苦しいという感覚はないということです。
また、モノの世界では、イライラして日常に苦しむモノほど注目をあびます。

「喜んでいる人がいるのはいいことだわ！」

ボトルネックにもそれなりの歴史があります。輝かしさ、辛さ、運命、いろいろなものがありました。

「でも、私の話なんか聞いても楽しくなんてないでしょう。しかも、私は大きな声で話すこともできないのよ。そんなことできませんわ！」

「そんなことできませんわ！」という表現には、耐え難いので話せないという意味と、コルクが詰まって話せないという意味が込められているのでしょう。

モノには声があるのです。アンデルセンより前の時代のドイツの語り手も同じことを考えていました。ラ・フォンテーヌ(3)やイソップ(4)の物語でもモノが言葉を発しています。そして、子どもはもちろん、ときに精神錯乱の人などはモノと話すことができます。

精神錯乱者、とくに多重人格者のなかには、モノが話しているのを聞くことができるという人がいます。私も何人かの患者と話す機会がありましたが、ランプが感情を害することを言うだとか、机の引き出しが夜になると話すから、そのそばでは怖くて眠れないという人などもいました。

また、愛する人がモノに命を与えるということもあります。一八九〇年代に、ヘルエ・ローデ(5)が「モノは固定された形の暗下でゆらめく生活を送っている」と言っていました。さら

（3）La Fontaine（1621～1695）フランスの寓話作家。『カラスとキツネ』が有名。

（4）Aesop（B.C.6？～？）古代ギリシアの寓話作家。「寓話の父」と言われる。『王様の耳はロバの耳』『ウサギとカメ』『アリとキリギリス』『北風と太陽』等が有名で、400程の短編が伝えられている。

に、ソプフース・クラウセン(6)も有名な一節を残しています。

彼女の抱擁と口づけは忠誠的なエクスタシーだ
それは朝霧の光がなくなったからではない
疲れた外見は切望と夢を追い出す
一日を分ける細いランプの列

昼間、ランプを奇妙に見せるものは何なのか?
青白くて深い眠り
平和が消えたなかの光に対して浮かび上がるそれは
とても賢い、熟考できる力

これは、恋人が死んだランプに命と力を与えるという詩です。ここでランプは、昼間は消されて、夜は明るく照らすもののシンボルとされています。アンデルセンの物語にも『古い街灯』というのがあります。

古い街灯のお話を聞いたことがありますか? 特別おもしろいお話ではありませんが、

(5) Helge Rode(1870〜1937)評論家。『白い花』、『静かな庭』、『野生のバラ』などが有名。演劇作家としても活躍し、主な作品に『王の息子たち』がある。また、愛国心が強く、『デンマークへ帰ろう』などの詩も残した。

一度は聞いてみてもいいでしょう。

街灯は何年にもわたってやさしく、人のために過ごしてきました。しかし、もうそれは壊されてしまいます。その晩は、街灯が道を照らす最後の晩でした。街灯はなんだか最後の踊りを披露するバレエダンサーのような気持ちになっています。つまり、明日になればお役ゴメンとなってしまうのです。

運命の朝、街灯はどきどきしていました。なぜなら、市役所の三六人の男たちが、自分がまだ使えるのか、それとも捨てられてしまうのかを査定するのです。橋を照らすか、田舎の工場へ送られるのか。もしくは、そのまま鉄工場へ送られて、溶かされて何かほかのものにつくり変えられるのかまだわかりません。それよりも、一番の悩みとなったのは、自分がなくなってしまったときに街灯であったことが自分の頭に思い出として残るのかということでした。

私たち人間が失業するかもしれないという不安に比べたら、街灯が抱くような破棄されることへの恐怖はそこまで難題ではないように思われます。しかし、それはもしかしたら、私たちの世代に街灯の気持ちが理解できていないだけなのかもしれません。アンデルセンは、前向きに次の人生を信じようとしましたが、エーレンスレーヤー（四ページ参照）は死んだあとの世界を否定する内容の言葉を発しました。すると、アンデルセンは地面を踏み鳴らし

（6）Sophus Claussen（1865〜1931）ジャーナリスト、詩人。新聞社の編集者として働き、1887年に詩集『自然の子ども』で詩人として開花する。特に性をシンボルにした作品を多数残している。

て叫びました。

「次の人生を欲することはできる！」

実際、死んだあとの世界とはどのようなものなのでしょうか？　たとえば、詩人が自分の死後に思い出をまったく失ってしまったらどうでしょう？　これこそが街灯の悩みの種なのです。自分が溶かされたあと、自分が街灯であったことを忘れてしまうことが心配なのです。しかし、たとえ仕事を外されても、代わりの後継者はちゃんと準備されています。それをユーモラスに語っているのが次の文です。


道の溝に木が立っています。木は、街灯としてポストをどけて立てられたと思っています。いくつかあるうち、一つはニシンの頭で、暗い道を照らしています。ニシンの頭は、鯨油を節約していると信じています。二つ目はツグミで、彼は自分でタラの干物よりも明るく光ると言っていて、さらにかつては森のなかの荘厳な木に住んでいたとも言っています。三つ目はツチボタルです。街灯は、そのホタルがどこから来たのかを知りません。ホタルもそこで街灯と一緒に光っています。しかし、タラの干物とニシンの頭は、ホタルの光にはかぎりがあるから期待できないと罵りました。

普通に考えるとモノは一人では話せないし、街灯と鉄が会話をすることもあり得ません。

キャベツやニシンの頭が針やハサミに話しかけることも不可能です。しかし、アンデルセンはそれを実現させました。さらに、彼は何もないもの同士を会話させたり、何もないことに関して話を展開させることもやってのけました。これは、『はだかの王様』でも見ることができます。この話のなかでは何もないものが豊かに描かれ、実在するものよりも多彩に表現されています。そして、『ソーセージの串で作ったスープ』では、ネズミたちがないモノを巡って討論をしています。

ネズミたちの間で、「ソーセージの串でつくったスープ」とは何かという討論がはじまりました。このスープに関してはみんな聞いたことはありましたが、それを口にしたものは一人もいませんでした。言うまでもなく、実際につくってみればわかることです。そしてついに、おいしそうなスープが一匹のネズミによって運ばれてきました。彼は貧しいリーダーです！

おもしろいでしょう？

このように、未知のものについて話しはじめたネズミの物語がどんどん広がっていくのです。

12 想像力（Indbildningskraft）、幻想（Indbildning）、自惚れ（Indbildskhed）

私たちは、想像力なしにお互いを理解することはできないでしょう。空想や感情なしに他人と生きていくことも難しいでしょう。しかし、『小さいイーダの花』のお話に出てくる博士は、子どもの想像力を育てようとしている学生さんを非難します。

「ただのバカな空想を、子どもに信じさせるのですか！」

しかし、学生さんはイーダを『植物が生きている世界』へと導こうとしました。

世界では、ばかげたことがさまざまな問題を引き起こしています。それは、私たちに想像力というものがないからです。もし、私たちに知力だけではなく想像力があったら、今日の科学技術はもっと発達していたかもしれません。もしかしたら、破壊された生態系も回復できたかもしれません。

ただ、もし想像力を誤って養ってしまうと、私たちは幻想のなかでのみ生きることになってしまいます。そして、幻想のなかでの生活が長くなればなるほど、今度は自惚れに陥ってしまいます。幻想のなかで生きることと自惚れるということはまったく違うということを私も知っています。しかし、たとえそうだとしても、想像のなかで生きるよりも幻想のなかで生きるほうが自惚れにつながりやすいのです。そして、自惚れは私たちにとって非常に危険なものなのです。

これに関しては、ホルベアも『エラスムス・モンタヌス（Erasmus Montanus）』で書いています。地球が平らだと信じている山の上の住人は、地球は丸いものだと考えている人たちを説得します。これはまさしく幻想ですが、自惚れでもあります。また人々が、「地球は丸い」と言っている教師や地主をバカにして笑っています。彼らは、教師や地主が幻想のなかに生きているからではなく、「知っているのは私たちだけだ！」というピラミッドの頂点にいるような自惚れのなかにわが身を置いているから笑っているのです。

自惚れによって、私たちが世界の中心にいるような感覚に陥ってしまうのは危険です。そして、日常生活レベルでの自惚れよりも世界レベルでの自惚れのほうがより危険を伴います。

そもそも「想像力」、「創作力（Imaginationen）」という言葉の語源はラテン語です。ラテン語で「絵」という意味の「Imago」は、「世界や自分自身を別のものとして想像する力」を意味します。もし、この意味を発展させて、私たちがヨーロッパ人で、白人で、アーリア系で、ほかの人種よりも勝っているという考えをもってしまうと、きわめて危険なことになります。正しい想像力とは、他者を自分と区別して想像する力ではなく、ないものに対して想像する力なのです。そして、自ら想像した世界に引き込まれたり、入っていくことなのです。

『小さいイーダの花』に出てくる博士には、学生を怒る理由がありました。学生は紙でさまざまな切り絵をつくっていて、そのなかには人間の形をしたものもありました。その人間は絞首刑に吊るされ、手にハートを持っています。彼は、「ハート泥棒」の罪に問われたのです。最悪なのは裁判官です。彼はその受刑者が誰なのか、何の罪で死刑になったのかも知らないのです。ですから、彼の頭の上にはクエスチョン・マークが飛んでいます。

それを見た博士は、「なんてバカなファンタジーなんだ!」と言いました。

もし、幻想や自惚れのなかにそれほどどっぷりと浸かっていなければ、先ほど出てきた山の上の人々も、想像力を働かせて周りの人の声を聞き入れることができたでしょう。頭のなかから頑なに信じていた自分たちの考えが出ていき、「地球は丸い」という新しい発見を受け入れることができたはずです。

アンデルセンの切り絵。タイトルは「Heart snatcher（ハート泥棒）」

かつて、幻想や自惚れのなかで生きている人たちにとって知識は敵として考えられていました。しかし、現在は違います。私たちは、知識のおかげで生活が豊かになっていると信じています。ただし、その考えのせいでこの戦《いくさ》だらけの世界が見えなくなってしまっているのであれば、それもまた自惚れと言えるでしょう。

では、物語という想像のなかに入ってくるものと出ていくものは何でしょう？ アンデルセンの物語のなかには、人間の病気や幻想と自惚れに処置するための薬箱があります。それらの薬は、想像力を発達させるヘルシーで栄養価の高いものです。アンデルセンは、「ユーモアは、私の物語にピリッとした味付けをしてくれるものだ」と言っていますが、ユーモアが自惚れを脅かす存在であることは間違いありません。

自分の考えを絶対だと思うのはとても危険です。それは、『五粒のえんどう豆』を見るとわかるでしょう。

そのさやには、五粒のえんどう豆が入っています。豆もさやも、きれいなグリーンです。そして、彼らは世界中が自分たちと同じグリーンだと思い込んでいます。絶対そうだと信じています。

この「絶対そうだと信じる」という行為は、一歩間違うと偏見や先入観へとつながってしまいます。ストーム(1)の本にも、幻想に関する同じような考察が載っています。

――一人の男性が「私たち人間というものは信じきっている」と言うと、もう一人の男性は「あぁ、そうしないとやってられないからね」と答えました。

そして、このような自惚れというものをうまく表したのが『かがり針』という物語です。

昔々、かがり針がいました。とても細くとがっていたので、自分では縫い針だと自惚れていました。

スリッパを縫おうとしたとき、彼女はその衝撃で折れてしまいました。しかし、彼女は、それはどんなに素敵な針なのかを示す儀式なのだと思っていました。その後、彼女は箱に入れられ、ネクタイピンとして使われるようになりました。

「ほら、私、ネクタイピンになったのよ!」と、かがり針は言います。

「いつかは出世するってちゃんとわかっていたのよ。一目置かれるモノは、それ相応な

(1) Robert Storm Petersen (1882~1949) 画家、漫画家、役者。6万ものデッサンと100の絵画を残す。アメリカの絵やスウェーデンのユーモア、風刺に影響を受けながら、風刺漫画を描いた。

結果になるの」と言って、彼女は内側を見せるように横になりました。かがり針として見えないように。

しかし、流しに落ちた彼女は、そのまま排水溝に流されてしまいました。

「私は、この世界にはもったいないくらい素敵なんだわ！　でも、自分の値打ちを意識することが私のささやかな楽しみだったのよ！」と、彼女は溝のなかで自信たっぷりに言いました。

アンデルセンの物語には、ほかにも自惚れているモノがよく出てきます。

――ノミは、「私の体のなかには若い女性の血が入っているし、人間とかかわるのは慣れてるんだ」と自分の自慢をします。

――手押車は、自分が客車の四分の一だと信じています。

――コウノトリのお母さんは、「その考えは私には理解できないわ。理解できないのは私のせいではなく、考えのせいよ」と言いました。

――ハトはほかのヒトのところへ行っては自慢話をします。

――スズメは、「あのまぬけなバラは何も知らないんだ。自分しか見なくて、いつも自分のにおいを嗅いでいる。もう、あの隣人にはほとほと疲れたよ」と、バラについて話します。

幻想や自惚れは、中傷のし合いやイジメも生じさせます。学校や子どもの集まり、アヒル小屋、土の下で行われていることです。『大きなウミヘビ』という お話では、海底に住む生き物を通して、偏見や中傷のし合いを見ることができます。

良家出身の小さなお魚がいました。名前は覚えていません。そのちび魚には八〇〇の兄弟がいました。みんな同じ年で、みんな自分の両親を知りませんでした。彼らは自分を守る術と泳ぎをすぐに学ばなければなりませんでしたが、それは大きな喜びでもありました。水が飲みたいと思えば海にいっぱいありますし、食事も口を開けていれば自然と入ってくるので困ることはありません。自分の欲求のままに行動でき、周りのことなど何も考えなくていいのです。

お日さまが、海をキラキラと照らしています。澄んだ海は、なんてすばらしい光景なんでしょう。海のなかには恐ろしいほど口の大きな魚がいて、八〇〇ものちび魚たちなんかは一口で飲み込まれてしまうかもしれませんが、当の本人たちはまったく心配などしていません。

フュン島北東部の海
（写真提供：Ulla and Anders Hansen）

アンデルセンは、海底まで潜ってすばらしいユーモアを泡に変えて浮かび上がらせます。あるとき、ヨーロッパとアメリカを結ぶ電信ケーブルが海底に誕生すると、海の住人たちの間に恐怖と動揺が広がりました。

トビウオは、海の上を精いっぱい高く飛び上がりました。ホウボウは、砲撃のごとく早いスピードで逃げていきました。そして、ほかの魚たちも海の底へ逃げました。そのため、海の底で平和に暮らしていたタラとヒラメをびっくりさせました。ナマコの夫婦は、あんまりびっくりしたので胃袋を吐き出してしまいました。

彼らは、見たことのない新しいものに対して非常に警戒をしています。その生き物がどれくらい大きくなるのか、どれくらい強いのかわからないのです。その奇妙な物体はじっと横たわっていましたが、「それこそ陰謀かもしれないぞ」と周りの魚たちは考えました。

「あのウミヘビは僕よりも長いぞ！　何か悪いことを企んでいるに違いない！」と、アナゴは言いました。

「そうに違いない！　あいつとは仲間になれないぞ！」と、ほかのものも言いました。

海の生き物たちは、みんなで謎の物体のそばまで泳いでいくことにしました。小さい魚たちは一団を動員しています。その途中、病気のクジラと元気なサメの間で口論がはじまってしまいました。でもそれは、あまり気にとめられることもないようなどうでもいい口論でした。

「俺はどんなふうに見える？　病気なんだよ！」と、クジラが言います。

「すみませんが、ウナギは皮膚病を患っていますし、コイは天然痘にかかっています。私たちだって、みんな腸のなかにアニサキス(2)をもってますよ！」と、サメは言いました。

「バカバカしい！」とクジラは言うと、それ以上は聞こうともしませんでした。そして、とうとう彼らは電信ケーブルの横たわっている場所へやって来ました。

「こいつは油断のならないやつだよ！」と、クジラが言いました。

「まず、私たちが探りを入れてみましょう」と、ポリプが言いました。

「私には長い腕がありますし、しなやかな指もありますよ。前に触ったことがありますが、今度はもう少し強くつかんでみましょう」

こう言って、ポリプは一番長いしなやかな腕をケーブルのほうに伸ばして電信ケーブルにからみつかせました。そして、「こいつにはうろこ、、、がありません！　皮膚らしいものもありません！　これじゃ、生きた子は産めませんよ！」と言いました。

集まった魚たちは、この侵入者が一体何なのか物議を醸していました。そして、彼らは思い切って当人に聞いてみることにしました。

（2）回虫目アニサキス属の線虫の総称。

「あなたは魚ですか？　それとも植物ですか？　それとも、もしかしてわれわれの幸せを喜ばない神の仕業ですか？」

しかし、電信ケーブルはうんともすんとも言いません。なぜなら、それは、人間の考えが生み出した電信ケーブルだからです。それは、何百キロも離れた国に一瞬で音を伝えるものなのです。

「おい、返事をしろ！　それとも、噛み砕かれたいのか！」とサメが脅します。そして、大きな魚たちがこぞって次々に質問をするのでした。

これに対してアンデルセンは、「電信ケーブルは返事をしませんでした。もともとそういう仕組みにはなっていないのですから」と説明をしています。

ノコギリエイとナマズがケンカをはじめました。ノコギリエイが電信ケーブルに噛みつこうとしたとき、ナマズが彼のおしりを猛烈に突き刺したのです。

そして、泥試合がはじまってしまいました。

そこに、年をとったウミウシ(3)がやって来て、この物体は何も恐ろしいものではないと説明しました。

「これは地上からやって来たもので、人間がつくったものだから死んでいるし、権力も

（3）軟体動物腹足綱後鰓亜綱に属する一郡の海産動物の総称。

何もないんだよ」

「でも、僕はそれだけではないと思う！」と、小さい海の魚が言いました。

「だまりなさい、小僧！」と、ウミウシが言いました。

「そうだ！　ちび魚」と、ほかのものも言いました。これは、いっそうバカにした言い方でした。

ウミウシは、さっきからうんともすんとも言わないこの奇妙な生き物は、陸地からやって来た、ただの人間の思いつきにすぎないことをもう一度報告しました。

私たちは、幻想や自惚れのなかで生きていてはいけません。とくに、他者を攻撃するような自惚れはいけません。自分を信じ込ませることを無邪気さだと勘違いしてもいけません。しかし、人間というものは自らすすんで敵を見つけるものです。そして、自惚れれば自惚れるほど、一度信じた世界から離れることが困難になるのです。

幻想や自惚れも危険ですが、それ以上に危険なのは、この世界で私たちを信じ込ませているのは何かと問われることです。そして、アンデルセンの並外れた想像力とユーモアも同じくらい危険でしょう。そのアンデルセンが創る世界に、私も引き込まれているのですから！

13 ユーモアに重きを置くかどうか

人は、軽い世界と重い世界の二つをもっています。この章でお話することは、単なる重さに関することだけではありません。人が、何に重きを置くかについてもお話したいと思います。

アンデルセンの物語に盛り込まれているユーモアは、ときにシリアスな状況を笑えるものにしてくれます。たとえば、『火打箱』の兵隊さんがこれから絞首刑を受けるという深刻で重いシチュエーションの場面も、まさにユーモアによって軽いことのように感じてしまいます。

兵隊さんは、絞首台に連れていかれる途中、靴の見習い職人の男の子を呼び止めて、火打箱を取ってきてもらうように頼みます。

「おい、小僧！　そんなにあせらなくても大丈夫だぜ。俺が到着するまでは何も起こりゃしないんだから！」

『火打箱』の登場人物たちをデザインしたモビール。３匹の目の大きなイヌ、兵隊さん、魔女。（写真提供・大塚絢子）

これは、兵隊さん本人が登場するまでは絞首刑を見に行っても何もはじまらないという意味です。普通に考えたら、これはかなり思い上がった発言だと思いませんか。しかし、死刑になるのはまさにこの兵隊さんだから、この発言は許されるのです。もし、兵隊さんではなく靴の見習い職人の少年が「あなたが来るまでは何も起こらないよ！」と言っていたら、それはただの嘲りにしかなりません。しかし、この台詞を兵隊さん本人が言ったら重苦しい事実もユーモラスになります。それは、今から絞首刑を受けようとする人が太陽を見て、「いい天気になりそうだね！」というようなユーモアと同じです。

ここで、気に留めておかなければいけないことは、ユーモアそのものは気軽に楽しむものであるのですが、それ自身は軽いものであってはいけないということです。重さというものは、そこに意識があってはじめて意味をもつのです。

ここに、ソクラテス(1)が語ったお話があります。

カロンは、死後の世界の入り口に流れる川の番人です。ある日、彼は二人の男性のやり取りを聞きました。そこでは、死の世界の男が現実の世界の男を食事に誘っていました。死の世界の男性が、「あなたがちゃんとここに来ると信じていいですか？」と聞きます。すると、聞かれた男は「絶対に来ますよ！」と答えます。そして次の日、その男

（1）（Sōkratēs）（BC470〜BC399）古代ギリシャの哲学者。よく生きることを求め、自己の魂に配慮するようにすすめた。しかし、この活動は反対者の告発を受け有罪とされ、獄中で毒杯をあおって死んだ。

──は約束を守ったため、落ちてきた瓦の下敷きとなって死んだのです。

カロンは、「絶対」という言葉を使いたがる人間がいることをおもしろいと思いました。そして、カロンの話を聞いたソクラテスは、こう言えばもっとユーモラスだっただろうと意見します。

「絶対に来ますよ！ もし、瓦の下敷きにならずにすむのなら！」

たしかに、もしその男性がこのように答えていたら、よりユーモラスになっていたでしょう。なぜなら、「もし、瓦の下敷きにならずにすむのなら」という台詞は、死なないための正当な言い訳になるからです。しかし、ここで食事に行くということは「死」という絶対的なものを意味することは明らかです。

では、この世界で私たちが「絶対」と言えるものは何なのでしょうか？ それは、「死」です。私たちは、死という絶対的なものに向かって一瞬一瞬を生きているのです。しかし、食事に行くといった普遍的なものが出てくると、死は絶対だということを忘れてしまいます。そして、「食事への招待状」といった軽いニュアンスが「死」という重いものを軽くしているのです。

このように、ユーモアは重いものを軽く見せます。もし、彼が死んだとしても、それは食事をしに行くということになり、重い事態も軽い行為につながります。

しかし、これは次のように逆のとらえ方をすることもできます。食事に行くと約束するということの軽い行動によって、彼は死を直視することになるわけです。そして結果的に、食事に行くという軽い行為が重いものになるのです。このように考えると、ユーモアは軽いものを重く見せる効果もあると言えるでしょう。

物事の多義性が想像の多義性を引き起こすのであれば、ユーモアも多義的な神託のようなものだと言えます。アンデルセンは、ユーモアを使って多義性を表現しました。『火打箱』でも、これから処刑される兵隊さんをシリアスに語るのではなく、ユーモアを使って軽いニュアンスで描いているのです。ですから、この多義性というものを理解できなければ、物語のおもしろさも理解できないでしょう。兵隊さんに、「どうして兵隊さんがやって来るまで何も起こらないのですか？」と尋ねる人がいたら、その人は非常に滑稽に映ることになります。

ユーモラスな場面を真剣に受け止めても、それはおかど違いとなります。またそれは、『小クラウスと大クラウス』で、大クラウスが小クラウスの語るウマの話や、おばあさんの話をまじめに信じるのと同じくらいおかしなことでもあります。つまり、多義的なとらえ方ができる小クラウスは勝ち組ですが、それができない大クラウスは明らかに負け組となるのです。

そして、多義性を生み出すユーモアの反対は、あからさまにばかげたおかしさです。『美しい！』（二九ページ参照）という物語に出てくる母親の台詞はその良い例です。

「ギリシア正教の僧は大家族をおもちですの？」

「いいえ。彼は大家族の出ではありません」

「そんなことを聞いたんじゃないわ！　私が聞きたいのは、彼には奥さまやお子さんがいらっしゃるのかということよ」

「僧というものは、結婚をしてはならないのです！」

「あら、つまらないわね」と、母親は言いました。

14 ユーモアと意味

アンデルセンの日記

私たちは一日中、「どうしてなのか?」、「何のためなのか?」といったことを絶え間なく問いかけています。私たちは、日々生活するなかで常にさまざまなことが起き、誰かと出会います。そして、常に何かが目に入ってきますし、針の穴を通る糸のように耳に入ってくるものがあります。イヴァン・マリノフスキー[1]は、「あなたは針の穴です。そして、糸には二種類の終わりがあります」と言いました。二種類の終わりとは、つまり始まりと終わりです。しかし、私たちを通り過ぎていくものは、時や年月とは関係ないところにあるのです。

私たちは、絶えず「意味」を問い続けています。たとえば、こんな感じです。

――ある日運転をしていると、モーターから奇妙な音が聞こえてきました。気になった私は、「何だろう?」と、注意深くその音を聞きます。

――私は胸に何か押される感覚をおぼえ、自問します。「どうしたのだろう?」。しかし、そんな私に対して医者は「何でもないですよ」と言います。そして、その言葉を聞いて私はホッとするのです。

（1）Ivan Malinovski（1926～1989）デンマークの作家、詩人。

――遥か彼方の海の表面に浮かんでいるものを見つけた私は、「あれは何だろう?」と不思議に思います。「もしかして、あれは人間かもしれない」と。

一人の男性が、エルサレム(Jerusalem)とエリコ(Jeriko)の間に位置するワディ・ケルト(Wadi Kelt)で強盗に遭いました。彼はその強盗に殴られ、意識を失って倒れました。そこへ「偶然」一人の牧師が通りかかり、この被害者を目撃しました。牧師はこの被害者を目撃しましたが、一人目の目撃者であるお寺の使用人と同じように、そのまま通り過ぎました。彼らにとって、被害者は何の意味ももたなかったのです。

三番目の通行人はサマリア出身の男でした。彼も、前の二人と同じように偶然被害者を目撃しました。しかし、三番目の彼は被害者を見て立ち止まりました。彼は、助けることが何を意味するのかを理解したのです。彼は助けなければならなかったのです。彼のこの行動は、被害者だけでなく、このような状況を経験したことのある人々にも大きな意味を与えました。そして、この話を聞いた私にも影響を与えました。

イスラエルを旅したとき、私はこの物語の舞台となった場所(ワディ・ケルト)へ行ってみました。そこは狭いデコボコ道で、ゴツゴツした岩やほら穴が至る所に点在しているような場所でした。私は、人が住まないような山々を歩きながら、強盗がこのような場所に出没するのもわかるなと納得しました。

ローマ時代から伝わっている書物を読んでわかったのですが、当時ワディ・ケルトでは、法や戒律を決める状況が整っていなかったそうです。そのため、経済的抑圧から盗難や略奪へと逃れる者が出てくるようになったのです。また、当時のユダヤの裁判官は非常に古い考えをもつ人たちでした。パリサイ派(2)の人々は、自分たちをハベリムと呼んでお互いに強い仲間意識をもっていましたが、それ以外の人々については共有利害のない下級の者として見ていました。ハベ人は、一般の家庭に行ってはいけませんし、一般市民の服に触れることも許されませんでした。彼らが読んでいた『旧約聖書』のなかの「シラ書」には次のようなことが書かれています。

謙遜な人に善い業をせよ。しかし、不信仰な者には施すな。不信仰な者には食べ物を拒み、何も与えるな。さもないと、彼はそれで力を得て、／お前に立ち向かって来るだろう。不信仰な者に施すあらゆる善い業は、／二倍の悪となってお前に返って来るだろう。(3)

これを読んで、私は最初の二人がどうして被害者のそばをそのまま通り過ぎたのか理解できました。何の利害関係もない人が来て、私の次に何かをするという行為は私に何らかの影響を与えることになります。つまり、二人目の通行人が被害者を助けたら、一人目の通行人

（2）紀元前2世紀中葉、律法学者の指導下に興ったユダヤ教の一派。モーセの律法を厳守し、その実践を強調した。イエスの主たる論敵となって、のち虚礼、偽善、形式主義の典型とされるようになった。

に影響を及ぼしてしまうということです。ここで被害者を助けるという行為は、人間の真実、正義、道理に対してチャレンジをすることでもあるのです。

この考えは、私が今までその意味を理解しようと努めてきたすべての物語にも当てはまります。物語そのものにあてはまるということではなく、物語を深く理解するうえで役に立つという意味です。中東の状況が発展しているのはなぜか？ ニカラグアを攻撃し、化学兵器にもたれかかるテロ集団は何なのか？ 米ソの戦略兵器制限の交渉、そしてデンマーク政府の最後の経済制裁の意味は何なのか？ 私の一日、一週間、一ヵ月、一年には一体どんな意味があるのか？ 私は、誰のために意味のある存在になれるのだろうか？

そして、日記を書くということは、物事の全体像と意味を浮かび上がらせることになるのです。

アンデルセンは日記に、気持ちの混乱、落胆、辛さ、不正行為、賞賛と批判、絶望と自己主張、自暴自棄と自信、中心と遠隔といったすべてのものをぶつけました。そうすることで、すべての意味を見つけようとしていたのです。

アンデルセンの日記のなかでもっとも些細でばかばかしいことは、「これはどういうことだ？」と考えることです。今日、道を歩いていて、彼にあいさつをしなかったのはどういう意味なのだろうか？ 彼をよく知らないということか？ コリンが怒ったとき、「私は何か

（3）「シラ書」12章5節より。

間違ったことを言ってるかい?」と声のトーンが下がるのはなぜか? 睾丸の痛みは何を意味しているのか? 旅人から待ち焦がれた手紙が来ないのは何を意味しているのか? 劇場でいつもと違う席に座らされたのはどうしてか? といったようなものです。

「満月の期間とは私たちの神がいらっしゃる偉大なるときで、それが一二回で一年となる」と、アンデルセンは一八四九年五月二二日の日記に書いています。彼は自分の人生において、その毎月の偉大な期間の意味を探そうとしていました。さらに、毎年、元旦の日記にはいつも「昨年が意味していたことは何だったのだろう? そして、新しい年とは何なのだろう?」と書き残しました。大晦日には卵の白身を何度もグラスにぶつけて、次の朝それがどうなるのかを分析しました。

一八六四年一二月三一日
卵をグラスにぶつけて、翌朝の状態を見ることにした。そして、一二時直前、私の部屋へ行ってみた。

一八六五年一月一日、日曜日
昨晩は、どうやってエドワード・コリンを怒らせるかという夢を見た。彼は、最後にはドアの向こうに行ってしまった。ずっと行きたくなかったメイスリン宅の夢も見た。そして、場面はスカルフとエカルトとの旅になった。階下に下りて昨夜の卵の白身を見ると、水は濁り、卵は原形をとどめていない生物のような塊になっていた。スフィンクス説き伏せることは私にはできないが、新年の第一日目にすることでもないだろう。

一八六八年一月一日

一時になるころに床に就き、昨年、神は私に何を叶えてくれたかについて思いを巡らせていた。しかし、それはほかの人々の願いに比べたら一〇〇〇倍もの神の祝福だろう。

一八七〇年一月一日

曇り空。霧が庭に立ち込めて遠方を隠している。まるで、新年がその行く末を隠しているかのようだ。ほかの人が床屋の職人に新年を与えてくれたのを見たとき、彼もまた別の人に新年を与えていた。私は、新年のはじまりを感じた。私の部屋の時計は、一二時半を少し過ぎたところで止まっている。しかし、私の時計はまだ動いている。何だかいいことが起きそうな予感がする。

ある日、アンデルセンはジェニー・リンド[4]という女性と一緒にいました。二人は、大きな音を聞いています。それは、まるでピアノの音のようですが、誰もピアノには触っていません。「何の音でしょう」とアンデルセンが聞くと、彼女は「それはCの音です」と答えました。するとアンデルセンは、コリンが死んだのだと言いました。

「神の摂理にいつも気づきたいと願ってはいたが、それを実際目にするのは辛すぎる。だから、音で聞こえるようにお願いしたのだ」と、彼女に説明しました。そして、二人は泣き崩れました。

スウェーデンの紙幣、50クローネにはジェニー・リンドが印刷されています。

一八六四年は恐ろしい戦争の年でした（コラム参照）。当時、言葉の意味は日々刻々と変わっていきました。二月、三月、四月とドゥビュール[5]からは負傷者と死者が流れてきました。

ある日、アンデルセンはコメディの初日の舞台に立っていました。その日、彼が演じたコメディが意味するものは何だったのでしょう？　また、彼に対するその意味とは何なのでしょう？　日記に彼は、「今後もっと重要なことが出てくるはずだから、これは神には頼みたくない」と書き残しています。

（4）Jenny Lind（1820～1887）歌手。スウェーデン、ストックホルム生まれ。4歳でピアノを弾き、17歳でオペラを歌いはじめる。「スウェーデンのナイチンゲール」と呼ばれ、親しまれた。アンデルセンも彼女に恋心を抱いていたといわれている。

アンデルセンは、戦争で亡くなった兵士たちを見るために、ガニソンの教会（Garnisons kirke）へ駆けつけました。朗読のリハーサルと歯の治療の合間をぬって教会に向かったのです。なぜなら、友人のヴィゴ・ドレウセンが戦いの末に亡くなったかもしれないと心配になったからです。エドワード・コリンの息子のヨーナス・コリンは、「もし、兵隊全員がヴィゴのように熱心であったならば友情にヒビが入っていただろう。もう十分ヒビは入っていたが、それが一体何になろう？」と、ヴィゴを非難するようなことを言いました。それに対してアンデルセンは、「ヨーナスは私が土の下に眠ることがあっても、きっと何も感じないだろう」と、逆にヨーナスを非難しました。

「死んでお墓に入れてもらえれば、体があちこちに散らばっているよりもまだましだ。歯の痛みが絶え間なく続いている。ダンネビアケ（Dannevirke）の

1864年に関して

デンマークとプロシア（現在のドイツ）は、国境付近のスレースヴィ・ホルスタイン州の領地をめぐって争っていた。1848年から始まった第１次スレースヴィ戦争の結果は、現状維持ということで治まった。しかし、それに対してデンマークが王国憲法をスレースヴィ地域まで及ばせようとすると、意義を唱えたプロシアから攻撃を受け、1864年に第２次スレースヴィ戦争が勃発した。これにデンマークは惨敗し、当時の領土の５分の２を失うという経済的・精神的大打撃を受けた。だが、この敗戦をバネに、デンマークは国力を高めるべくユトランド半島に植林をし、教育水準を上げ、民主主義国家を樹立していった。

（５）Dybbøl：現ドイツとの国境付近。

壁は墜とされたけれどもヴィゴは無事だという噂がある一方で、ヴィゴは撃たれたという別の情報もある。さらに、怪我を負っているという噂もあった」

この戦争は、ドイツにたくさんの友達をもつ彼にとって何を意味したのでしょうか？

一八六四年四月九日

昨晩、私の名前が唯一外国で知られる名前になるかもしれないという不安が頭のなかをグルグル駆け巡った。そして、精神面で破壊されてしまうのではないかという空想が頭から離れなかった。

一八六四年四月一八日

もう幾晩、自分を苦しめながら過ごしてきただろう？　船底に自分を置いたり、暗い刑務所に入れたり、虐待したり、私はこの想像を取り壊すようにバカなことをする。私はグッショリと汗をかき、明け方になってからやっと眠りについた。

一八六四年四月一九日

「何だかすべてのもの、そして自分自身からも置いていかれるようだ」、「人生との別れ」、「敬虔になって神に感謝の気持ちを示す」、「夜になると、みんなが去ったことに対して腹を立てるのではなく、私のファンタジーのなかで安らかな気持ちになった。再び神のもとへ行き、私は正気に戻った。夜、五〇〇もの嫌なものがやって来る」

一八六四年四月二二日

今日、コンスル・ヘーエがアルス島（Als）に行った。ドレウセンは息子のヴィゴをそこへ送るために、辺境の移住民の地を通ることの許可を求めた。以下はドレウセンの電報だが、ひどいものだった。

「私には希望がありません。今のこの状況が終わることを祈るのみです。悪魔が私の心を支配していて、嫌で嫌でたまりません」

一八六四年四月二八日

労働組合で、一人の未亡人のために読み聞かせをした。彼女は戦争で夫を亡くし、小さな子どもを抱えている。六六リクスダラーを手に入れた労働組合はその半分を取り、残りの三三リクスダラーを未亡人にわたした。私が読み聞かせたのは、『パンを踏んだ娘』、『はだかの王様』、『雪だるま』、『お父さんのすることはいつも正しい』、『ブタ飼いの少年』の五つ。最初の物語を読み終えると、目の前の演説台に大きい立派な花束が置かれていた。私はそれを受け取ってあいさつをした。私は受け入れられたのだ。その後の朗読でも拍手は続いた。そして、『ブタ飼いの少年』で、「Ach du lieber Augustin!」（愛しきアウグスティン！）とドイツ語で読み、「Alles is hin!」（すべては薄っぺらなものだよ！）と同じくドイツ語で終了した。すると、私のなかに悲しさがまた込み上げてきた。

四月の中ごろのアンデルセンの日記です。

今日、とうとう私は今まで闘ってきた政治的圧力に勝った。私は、ドイツで人々が私に見せてくれる思いやりをいつも感じていた。今はもう絶交してしまったが、会釈してくれる友達はまるでデンマーク人のようだった。しかし、彼らは私の心を裂いたのだ。きっと、もう会うこともないだろう。あのすばらしい過去は戻ってこないのだ。私は死を悲しく思っている。演説で話したように、戦争が人間を限界へと追いやる、血のにじむような状況に私は苦しんだという言葉はウソではない。しかし、演説のなかには書くことができなかった苦しい表現もあった。今は、人生のバランスを取り戻すことが大切だ。もう、何も未来はない。しかし、神は私に奇妙な幸福と幸運を授けてくれた。

このように、アンデルセンは自分の気持ちをすべて日記にぶつけました。彼が日記に書いたものにはすべて意味があります。歯痛、ヨーナス・コリンに対する苦い気持ち、ヴィゴへの心配、彼が物語を読んだときの歓迎ぶり、「Alles is hin!」（すべては薄っぺらなものだよ！）というドイツ語の表現、朗読のときに下げる声のトーンでさえもきっと意味はあるのです。そして、ここで大切になってくるのがユーモアです。ユーモアは、物事に存在意義と意味を与えます。たとえば、こういうことです。

「私は、二時間も鍵を探し回りました。あまりに見つからないので気が狂いそうです。私は、よりいっそう死に物狂いで探しました。そして、やっと見つけた場所が植木鉢のなかでした。一四日後にその話をしたところ、この私の大変な捜索劇を耳にした人は笑い転げました。私が、その間に忘れていたことは何だったのでしょう？　もちろん、鍵を探している間、私は笑うことなんてできませんでした」

アンデルセンは、自身の日記にすべてを書き残しました。私だったら、鍵を探している間、どんなにイライラしたかというような不愉快なことはわざわざ書きません。しかし、彼はそのような細かいこともすべて書き残しているのです。

しかし、すべての内容がユーモアによって光り輝くわけではありません。ユーモアという光によって絶対に姿が映しだされないものもあります。それは、あまりにも悲劇的なものです。本当に悲劇的なものには、ユーモアが入る隙もないのです。

ベニー・アナセン(5)が、インスピレーションを感じた瞬間をユーモラスに書いています。

「天と地に関するものではありません。世界の内側と外側が一ヵ所にあることが、全体のインスピレーションなのです。そこには、無我夢中の動作と同時に客観的な視点があります。ものであれ人であれ、他者の妨害をしてはいけません。すべての損傷やダメージは、どういう形であれすべてにつながっているのです。家で火事が起こったら、まずはおそらく消防署に電話をするでしょう。自分を含め、家族が無事であることを願うでしょう。そして、ビクビク怯えてへまをして、頭のなかがショートしてしまうかもしれません。もしかしたら、どうでもいいパンや電話帳、サラダボールを慌てて家のなかから持ってきてしまうかもしれません。完全なことはわかりませんが、おそらく私は、アンデルセンを読んだときにそのようなパニック状態に陥らないように、私のなかに『燃えないもの』を打ちたてようとしたのでしょう。インパクトのある仮説や例を出すことはできます。割れた爪や取れない鍵などに対する苛立ちからも、インスピレーションは湧いてきます。どうでもいいことなどありません。外側に追いやられているものなどないのです。すべてのものには場所があり、意味があるのです」

(5) Benny Andersen(1929〜　)作家、詩人、音楽家。現代デンマークの詩人として有名。デンマーク語が使用禁止になり、新たな生活圏を求めてヨーロッパをさ迷う人々を描いたコメディー映画『閉じられたデンマーク』の原作者。

そうです。日記にある苛立ち、落胆、嫌悪感、絶望はユーモアを介することで場所と意味をもつのです。どうでもいいものも、外側に追いやられているものもないのです。

15 ユーモアと道徳

アンデルセンの物語においてユーモアが塩の役割をしているというのは、ユーモアがすべての物語のなかに溶け込んでいるということです。私たちは、物語の全体や一部、観念、多義性、語り手の声のトーン、そして登場人物の性格やタイプを読んで笑います。ユーモアは、目に見えるものであると同時に見えないものでもあります。しかし、ユーモアには基本となる心構えのようなものがあります。

ユーモアと同様、涙も塩と関連づけることができます。「塩の涙を流す」という表現は、本物の涙を流していることを意味します。アンデルセンの物語のおもしろいところは、「ユーモアの塩」が「塩の涙」を流させ、そしてさらにそれをふき取るということです。

次に紹介する二つの悲劇物語では、それぞれ違った形でユーモアが織り交ぜられています。『あるお母さんのお話』という物語では、悲劇のなかにもユーモアが所々に見られます。この母親は、死んだ子どもへの深い絶望のなか、この取り返しのつかない状況を受け入れられれずにいました。彼女は、子どもの命を取り返せるなら何でもしたいと思っていました。そして、子どものために、両目ときれいな黒髪を失いました。子どもが生き返るのであれば命を捧げてもいい、と思っていたのです。そこには、願い、犠牲、そして真実があります。

母親が、死の館に着きました。そこは、花であふれています。実は、その花は人間の命なのでした。そこで彼女は、命を返してもらえないのならばほかの人の命をもぎ取ると死神を脅迫しました。

「私の子どもを返して！」

母親はそう言って、泣きながら懇願しました。そして、いきなり、そばにあった美しい花を両手に一束ずつつかんで、死神に向かって叫びました。

「あなたの花をみんな引き抜いてしまいますよ。もう、私は絶望の淵にいるんですから！」

この物語は、アンデルセンの物語のなかでも非常に悲劇的なものです。だからこそ、余計にユーモアが輝くのです。母親がお墓で働く女性に助けを求めた場面にも、わかりやすいユーモアがあります。

墓守りばあさんが「では、私に何をくれるんだい？」と、母親に言いました。

「何もおわたしできるものはありませんが、あなたのために世界の果てまでだって行きます！」と、貧しい母親は言いました。

「そうかい。でも、そんなことは私には必要ないのだよ！　それよりか、お前のその黒髪をおくれ。お前だって、その髪が美しいのは知っているだろう？　私もそんな髪が欲しいんだ！　代わりに、私のこの白髪をあげよう」と、おばあさんは言いました。

ここでは、絶望のど真ん中にいるというのに、世界の果てまで行くといった母親の言葉を真に受けた墓守りの女性に笑ってしまいます。「あなたのために世界の果てまで行く」というのは、「あなたのためなら何でもします」という意味であることは誰にでもわかることですが、墓守りの女性はその言葉を理解することができなかったので、事務的な答えを返してきたのです。しかし、もっと滑稽なのは、母親が「あなたのために世界の果てまでだって行きます」と言っているわけですが、もうすでに母親は世界の果てにいるということです。

アンデルセンの物語にこのような悲劇の物語があることに驚くかもしれませんが、彼は、自分が語り手であることをきちんと意識して悲劇物語を書きました。そして、物語のなかで大切な味つけをしているユーモアは、このような物語のなかでも使われているのです。しかし、塩の涙を流し、ユーモアに出会うというのはなんとも皮肉なことです。なぜなら、悲しいときに笑ってしまうのですから。

『恋人たち』という物語では、「コマ輔」の求婚を拒絶した「マリゑ」の気持ちを聞いて笑ってしまいます。

「こうやって同じ引き出しに入っているんだから、恋人になりませんか？」

マリゑはこのように言われましたが、モロッコ革で縫われ、自惚れていた彼女はコマ輔の誘いには答えたくありませんでした。

「あなた様とはぴったり合いそうだ。あなた様が跳ねて、僕がダンスをするのです！僕たちより幸せなものなんていやしない！」

「本当にそう思いますの？」と、マリゑが言いました。

「私の両親がモロッコ革の履物だったことや、私の体のなかにコルクが詰まっていることをあなた様はご存じないでしょう！」

「それなら、僕だってマホガニーでできてるよ！」と、コマ輔が言いました。

「しかも、市長さんが僕をろくろでひいてくれたんだ。市長さんは自分のろくろ台をもっているくらい、モノをつくるのが好きなんだよ」

「そうなの？　そのお話本当？」と、マリゑは言いました。

「もし、これがウソだったら、もう二度とひもで巻きつけられなくてもいいよ」と、コマ輔は答えました。

「あなたさまは、ずいぶんいいことばかりおっしゃるのね！　でも、やっぱり無理だわ。私はツバメさんと半分婚約しているの。彼はいつも私が空に投げられていると、私をつついて『婚約してくださいませんか？』と言ってくるの。私は心のなかで決心したわ。半分婚約をしているというのは、なんてすばらしいんでしょう！　でも、あなたさまのことは決して忘れないわ！」

「それだけでも心強い！」と、コマ輔は言いました。しかし、その後、二人が口をきくことはありませんでした。


私たちは、この物語を聞いて大笑いをすることでしょう。しかし、実はこれは悲しい物語なのです。もし、この悲劇を理解することができなければ物語自体を勘違いしていることになります。

『あるお母さんのお話』では、悲劇が前面に出ているなかで予期しない滑稽さが少しずつ浮き上がってきますが、『恋人たち』ではおもしろさのなかに悲劇が隠れているのです。

——コマとマリが、お互いを「あなた様」と呼び合っているのです。

――同じ引き出しに入っているときは、コマ輔よりもマリ𠀋のほうが苛立っています。普通は、一つの引き出しにいる二つのものは、身分の違いを主張したりはしません。

――マリ𠀋は、自分の両親が履物であったことを自慢しています。たとえば、「私はピーターセンという名前でモロッコ革生まれです」と自慢するのは理解できます。しかし、そのすばらしいモロッコ革が履物という洗練されていない単語と組み合わさると、とても違和感があります。

――マリ𠀋は、自分が上流階級生まれだと思っているのでコマ輔の言葉遣いにイライラしていますが、実は、コマ輔も良家の出身だったのです。

――マリ𠀋が決定を下したのが「半分婚約者」という立場なのです。しかも、彼女は「心のなか」でその決断を下したのです。

――コマとマリという話せないモノが、今まで私が述べてきたこと以上に話をしているのです。「それだけで心強い！」と、コマ輔は言いました。しかし、その後、彼らが口をきくことはありませんでした。これほど無言によって抑圧され、つらさで溢れることはありません。

アンデルセンはよく日記にコマとマリの話を書いていましたが、それが『恋人たち』というタイトルになるということもおもしろい話です。「コマ輔」と「マリ𠀋」は、その不平等な関係や解釈について何も言いません。彼らは、どう考えても「恋人たち」とは呼べません。コマ輔はマリゑに愛を伝えましたが、唯一返ってきたものは拒絶でした。それも「あなた様のことは決して忘れないわ！」といった、うろたえるほど安っぽい無礼な拒絶でした。

「マリゑさんがどこにいるかはわかっているさ。ツバメの巣に行って、彼と結婚したんだろう」と、コマ輔はため息をつきました。

マリゑのことを考えれば考えるほど、コマ輔は身を焦がしていきます。ほかの人を恋人に選んだ彼女を手に入れることができず、愛情は深まるばかりです。コマ輔はダンスをして、クルクル回りながら彼女のことばかりを考えていました。その思いはつのる一方です。そして、何年かがたちました。――もう今では、その愛も古いものとなりました。

何年もの月日が過ぎても、古い愛は錆びないとよく言われます。人はいつでも、心のなかに愛した人への痛みや疼きが残っているものです。しかし、この物語でアンデルセンが意図していたことは逆のことでした。つまり、古い愛情は、結局は錆びてしまうものだと言っているのです。

『恋人たち』というタイトルは非常に両義的です。この物語では、二人は恋人同士になることなく別れてしまいます。しかし、コマ輔はマリゑのことが忘れられず、彼女に恋い焦がれ、その愛情はどんどんふくらんでいきます。そして、その想いは日を重ねるごとに美しくなっていきます。

ここでいう「恋人たち」というのは現実ではなく、幻想です。コマ輔にとって二人が恋人同士であるというのは幻想でしかないのです。しかし、五年後の再会でコマ輔の気持ちは一変してしまいます。雨樋《とい》でマリゑと再会することによってコマ輔の幻想は壊され、現実を目の当たりにすることになります。マリゑは五年もの間、溝にはまって水ぶくれになっていたのです！

「女の子にとって、五年はなんて長い時間なのでしょう！」

隣にいたコマ輔は何も言わず、昔の恋人のことだけを考えていました。しかし、話を聞くにつれて、この水ぶくれの女性がマリゑだということが徐々にわかってきました。

もし、雨樋のなかに落ちてきたコマ輔が、水ぶくれになったマリゑを認識していないと気づいたら、それは彼女にとって大変辛いことです。しかし、幸運なことにマリゑは彼を覚えていませんでした。コマ輔のほうも、しばらくは彼女があのマリゑだと気づいていませんでした。

マリゑについては、その後、何も聞くことはありませんでした。コマ輔も、昔の恋についてはもう何も口にしなくなりました。いくら憧れの相手でも、五年も雨樋のなかにいて、水ぶくれになってしまったんでは昔の恋もすっかりさめてしまいます。しかも、今のマリゑは、見分けがつくような状態ではありませんでした。

不幸のなか、世界の果てまで行くという哀れな母親の物語であるにもかかわらず、思わず笑ってしまう『あるお母さんのお話』と、非常におかしな物語であるにもかかわらず心が痛んでしまう物語の『恋人たち』。このように、この二つの物語はどちらも悲劇の物語であることに変わりはありませんが、その表現の仕方は非常に対照的です。

ユーモアは、至る所でインパクトを与えて浮き上がってきます。しかし、それは同時に悲劇や皮肉となり、私たちの心に突き刺さります。

笑うときは、実際にそこにおもしろい内容があるのです。私も『恋人たち』の最初の部分で、恋人になってほしいというコマ輔の告白を拒絶するマリゑのプライドと家族への誇りを読んで笑わずにはいられませんでした。

「私の両親がモロッコ革の履物だったことや、私の体のなかにコルクが詰まっていることをあなた様はご存じないでしょう！」

　しかし、物語の最後の部分では同じようには笑えません。最後の部分で、変わり果てたマリゑはこう言います。

「私は本物のモロッコ革でできているの。女の子の手で縫われ、しかもコルクがなかに詰められているのよ。でも、誰の目にもそのようには映らないでしょうね」

「でも、誰の目にもそのようには映らないでしょうね」という台詞を発しているものが、コルクという特別なものがなかに詰まっているマリだというところはとても滑稽に映ります。

　しかし、マリゑのこの気持ちは痛々しいものとして私たちに突き刺さります。私は、現実の世界でも、人生に挫折し、死んでしまいたいと思うほど壊れてしまった人に出会ったことがあります。私たちは、そういった人がどうやってどん底の状況から抜け出してきたのかということを考えなくてはいけません。マリゑもコマ輔に対して、高飛車に「あなた様もご存じでしょうが」と言うのではなく、最初から思いやりのある態度をとらなければいけなかったのです。

「私は本物のモロッコ革でできているの。女の子の手で縫われ、しかもコルクがなかに詰められているのよ。でも、誰の目にもそのようには映らないでしょうね」という彼女の主張は、あきらめのなかの最後の防衛のようにも見えます。彼女の人生はもっと明るいものになるはずだったのですが、今の自分の姿を誰が見てもわからないだろうということは彼女自身が一番わかっています。

自己主張と自己認識、不誠実な愛、裏切と否定。人は、一度誰かを愛してしまったら、達成し難いことを成し遂げたいと強く願います。アンデルセンは、そこに適度なユーモアを含ませたのです。

日常の言葉には、論理的なユーモアや笑いのための言葉とそうでないものがあります。「下品な笑い」は「健康的な笑い」とはまったく違うものです。「病気的な笑い」と「良い笑い」もまったく異なります。そして、「チープな笑い」と「解放された笑い」はまったく別のものとなります。日常の楽しみ方によって私たちは分類され、その分類されたタイプによって人は違ってくるのです。たとえば、今にも笑い出しそうなくらい明るい状態とクスクス笑うのは違います。笑わせるのと、ニヤリとさせるのも違います。しかし、人々をつないでいるのは笑いなのです。そして、笑いは凍ってしまった関係をも暖めてくれます。

アンデルセンは笑いを物語に盛り込むことだけでなく、物語においてどこの焦点に笑いを合わせるのかということも真剣に考えていました。そして、彼のつくりだす笑いは一種類だけではありませんでした。子どもの元気いっぱいの笑い、仲間同士の秘密の笑い、おかしなことに対する大爆笑、息抜きの笑い、安心の笑い、すばらしい笑い、無作法な笑い、下品な笑い、不思議な笑い、意地悪で悪魔のような笑いと、彼の表現する笑いにはさまざまなものがあります。

『雪の女王』という物語には、「悪魔のような笑い」が描かれています。

さあ、いいですか！お話をはじめますよ。このお話をおしまいまで聞きますと、わたしたちは今よりも、もっとたくさんのことを知るようになりますよ。それはこういうわけなのです。あるところに、一人の悪い小びとの魔ものがいたのです。それは、仲間のうちでも一番わるい魔ものの一人でした。つまり「悪魔」だったのです。ある日のこと、悪魔はたいへんな、ごきげんでした。なぜかというと、鏡を一つ、つくったからなのです。その鏡というのが、ただの鏡ではなくて、なんでもいいものや、美しいものが、この鏡にうつりますと、たちまち、ちぢこまって、ほとんどなんにも見えなくなってしまうのです。そのかわり、役に立たないものや、みにくいものなどは、よけい、はっきりとうつって、いっそうひどくなるのでした。たとえどんなに美しい景色でも、この鏡にうつすと、まるで煮つめたホウレンソウみたいに見え、どんなにいい人間でも、みにくくうつったり、または、胴がなくなって、さかだちにうつったりするのでした。顔なんかは、ゆがんでしまって、なにがなんだか見わけがつかなくなります。そのかわり、そばかすが一つあっても、それが鼻や口の上までひろがることは、覚悟しなければなりませんでした。こいつは、めっぽう面白いやと、悪魔は言いました。人間の心の中に、なにかいい考えや、信心ぶかい考えが浮かんできますと、鏡の中には、しかめっつらが、あらわれるものですから、この小びとの悪魔は、自分のすばらしい発明に思わず笑わずにはいられませんでした。悪魔は「魔もの学校」を開いていましたが、この学校にかよっている生徒たちがみんなで、奇蹟がおこった！と、方々へ言いふらしました。そして、今こそはじめて、世の中と人間どものほんとうの姿が見られるのだ、と口々に言いました。こうしてみんなは、この鏡をさかんに持ちまわったものですから、とうとうしまいには、この鏡にゆがんでうつったことのない国や人間がなくなってしまいました。そこで、こんどは、天へのぼっていって、天使や「われらの王」を、からかってみようと、とんでもない考えをおこしました。みんなが鏡をもって高くのぼって行けば行くほど、鏡の中のしかめっつらはますますひどくなりました。みんなは鏡をしっかり持っているのがやっとでした。それでもかまわず、高く高くのぼっていって、だんだん神様と天使たちのところに、近くなりました。するとその時、鏡はしかめっつらをしながら、おそろしくふるえだしました。そして、とうとう、みんなの手からはなれて、地上に落ちて、何千万、何億万、いや、もっとたくさんの、こまかいこまかいかけらに砕けてしまいました。こうして、今までよりも、もっと大きな不幸を、世の中にまきちらすことになりました。というのは、このかけらの中には、やっと砂粒ぐらいの大きさしかないのもあって、それが広い世の中に飛びちってしまったからです。そういうのが、人間の目の中にはいりますと、そのまま、そこにいすわってしまいます。そうすると、その人は、なんでも物を、あべこべに見たり、でなければ、物ごとの悪いところばかりに目をつけたりするのでした。それというのも、その鏡の小さなかけらの一つ一つには、もとの鏡の持っていたのと同じ力があったからです。小さな鏡のかけらが、心臓にはいった人も、何人かありました。そうなると、ほんとうに恐ろしいことでした。その人の心臓は、一かたまりの氷のようになってしまうのです。また、かけらの中に、窓ガラスに使われるくらい大きいのもありました。けれども、そんな窓ガラスをとおして、友だちを見ようとしても、むだでした。また、べつのかけらは、めがねになりました。こんなめがねをかけて、物を正しく見ようとしたり、公平にやろうとしたりすると、ひどくまずいことになるのでした。これを見て悪魔は、おなかの皮が破れそうになるほど笑いころげました。でも、愉快で愉快でたまりませんでした。(1)

このような鏡でさまざまなことを見ると、私たちはすべてのことを逆に見ることになります。鏡のなかでは、歪みが真実であり、真実は歪んで映るのです。トロル(2)はそれをおもしろ

（1）『完訳アンデルセン童話集(2)』大畑末吉訳、岩波文庫、161～163ページ。
（2）238～239ページの引用文では「小びとの魔もの」、「小びとの悪魔」と訳されているもの。次ページの写真を参照。

いと喜び、鏡自身もおもしろがって笑っています。鏡は、良いところが見つかるかもしれないと思って鏡を見る人をバカにして笑っているのです。

そして、善を信じる人が行くことのできる天国に近づくにつれて、トロルと鏡の笑いはより大きくなります。トロルの鏡は、天の神に近づくと、高らかに笑いだしました。まさに、トロルの鏡にとって、「楽しい」という発言は「からかい」のなかの「からかい」を意味しています。この物語における美徳とは「最高の嘲り」なのです。

よく笑いすぎてお腹が破けそうだと言いますが、鏡は笑いに震えていました。すると鏡は、彼らの手から滑り落ちて、地上に落ちてしまいました。トロルは鏡を世界中にばらまき、いろいろな形で悪を広めたことで「おなかが破れそうになるほど笑いころげました」。

この物語は、アンデルセンが書いたなかでもっとも「意地悪な笑い」です。しかし、笑いとはニュートラルな観念なので、意地悪な笑いでも笑いであることに変わりありません。次の受刑者を笑いものにするお話にも、まさに「意地悪な笑い」が描かれています。

一　エルサレムの荒れ果てたアントニア城（Antoniaborgen）の下で、旗を見つけました。

ノルウェーの森の中に棲むといわれている妖精、トロル。イタズラ好きで人々を困らせるけど、にくめない存在。

その旗は、前庭に置かれていました。囚人の死刑が執行されるとき、まずローマの兵隊がその旗のところへ行きます。その旗は、残酷なゲームのシンボルでもあります。このゲームは、『王様ゲーム』と呼ばれています。みんなは、刑を受ける者を笑います。まるで王様が王冠を与えられたときのように笑い、受刑者を殴り、彼の頭にいばらの王冠を載せるのです。そして、受刑者のことを笑うのです。

こういったお話は、イエス・キリストの福音書にも載っています。受刑者は、ローマの兵士たちの見世物にされているのです。兵士たちは、同じようなイジメを囚人に繰り返し行いました。もちろん、これは受刑者が望んだ運命ではありません。

兵隊は、囚人を着替えさせて吊るしました。そして、いばらで王冠を編んで頭にかぶせ、右手に葦を持たせました。さらに、兵隊は囚人を膝で蹴って、嘲りの言葉を浴びせました。『ほら、ユダヤの王様!』。そして、囚人に唾を吐きかけて、彼の手から葦を取って、それで彼の頭を殴りました。

この、はりつけ台での人々からの嘲りの笑いや屈辱の視線のなか、「彼の横を通り過ぎた者たちが唾をかけていきました。そして、彼らは囚人の頭を揺らして言います。『お寺を壊

して三日で立て直したお前なら、神の子のお前なら、自分を救うことだってできるだろうよ！　さぁ、そのはりつけ台から下りてきたらどうだ！』」。

ある最長老の高僧も、「彼はほかの人は助けたが、自分自身を助けることはできない。こいつはイスラエルの王様なのさ！　十字架から降ろしなさい」と言って囚人を嘲りました。

このような嘲りが、人間の笑いであることを無視することはできません。彼らの笑いは、ただ意地悪なだけでなく悪魔的です。

人間はいつでもどこでも、他人の苦しみを笑ってきました。そして、処刑を見物するのは大衆の楽しみでした。今でもそうです。虐待や殺人を好んで見るのです。多くの人は、映画のなかの残酷なシーンを見て高らかに笑う声にショックを受けたことがあるでしょう。

トロルの鏡は、何もかもを消してしまいました。そして、トロルは人間の無力さを笑いました。その笑いは、他者に苦しみを与えるものです。しかし、トロルにとってはそんなことはどうでもいいのです。なぜなら、彼は人間ではないのですから。トロルの笑いは残忍なものなのです。

入ってくるものと出ていくもの。そこには、二つの質問が挙げられます。目的があるのか、それとも目的を失ったのか。この二つの質問はどちらも、人の人生において投げかけることのできるものではありません。それは目的の中間地点であり、目的がないこ

とを想像させます。目的があるのかないのか、二者択一の質問を人生において尋ねることはできません。つまり、人間の意味と価値には目盛などないのです。何も見つからないという点は人間に似ているでしょう。この相似に名前をつけるとすれば、「コミカル（滑稽）」にしたいと私は思います。（ロイストロップ(3)『System og symbol（システムとシンボル）』一九八二年）

私は、アンデルセン以外に人間の人生や価値を衝撃的に描くことのできる書き手を知りません。アンデルセンの作品がなければ、私もこの「コミカルの相似」について書くことはできなかったでしょう。人間の価値の風刺は、物語のなかにたくさん出てきます。相手が身体障害者であろうと、洗濯女であろうと、アルコール中毒、囚人、マッチ売りの少女であろうと、市の執行官や王様にとっては関係がないのです。なぜなら、物語のなかでは、「何もない」、「醜い」、「軽蔑した」、「不必要な」、「社会から排斥された」者が福音書やイエスの話に見られるような天の鏡に映しだされているからです。天の鏡とは、トロルの鏡とは正反対の鏡のことです。天の鏡には、一番小さな者は一番大きく、拒まれた者は特別選ばれた者に、醜く壊れた者は生まれたての赤ちゃんのように美しく映ります。

アンデルセンは、価値のない人間なんていないと思っているのです。われわれは、みんな無限に貴重なのです。つまり、価値があるということは「何か」があるということです。し

（3）Knud Ejler Løgstrup（1905〜1981）哲学者。コペンハーゲンで神学を専攻し、その後1975年までオーフスで教鞭をとる。『倫理的需要』や『キルケゴールへの反ばく』が有名。

かし、世の中で価値があるということは、「特別な何か」があるということだと思われがちです。

『かがり針』という物語でアンデルセンは、私たち人間がもつプライドと傲慢をユーモアを使って描きました。プライドが打ち砕かれそうになるかがり針は、非常に滑稽です。

「私は、この世界にはもったいないくらい素敵なんだわ！」と、ドブのなかに流されてきたかがり針が言いました。

「でも、自分の値打ちを意識することが私のささやかな楽しみだったのよ！」

こうして、かがり針は体をまっすぐにして気分を落ち着かせました。すると、彼女の上を棒切れやワラ、新聞紙の切れ端など、いろいろなものが流れていきました。

「ほら、こんなにいろいろなものが！」と、彼女は言いました。

「みんな、自分たちの下にどんなに素敵なものがいるのか知らないのね！　私という者がここにいるっていうことを！　ほら、棒切れが流れていくわ。あの人は、自分のこと以外は何も考えないのよ。今度はワラが流れていくわ。あんなに揺れて回って！　少し

『かがり針』の絵本の表紙、1994年刊。

は周りのことも考えてもらいたいものだわ。あら、今度は新聞が流れてきたわ！　あのなかに載っていることなんてもう誰も覚えていないっていうのに、あんなに大きく広がって！　私は辛抱強く、じっと静かに座っているわ！　私は自分がどんなものかよく心得ているし、またいつだって私は私よ」

　ある日のこと、すぐ近くにキラキラと光り輝くものが流れてきました。かがり針は、それをダイヤモンドだと思いました。しかし、実際はガラスボトルの破片でした。彼女はそのダイヤモンドに、自分はネクタイピンだと紹介しました。

「あなたは、もしやダイヤモンドさんではないのですか？」と、かがり針が聞きました。するとガラスボトルの破片は、「あ、ええ。私はそのように大したものなのですよ！」と答えます。

　こうして、二人は互いに相手は大したものだと思い込んで、世の中の人の高慢さを語り合いました。

「本当ですよ！　私は、ある娘さんの小さな箱のなかに住んでましたのよ」と、かがり針は言いました。

「コックだった娘さんの両手には五本ずつ指があったんですけど、この五本の指たちはただ私を箱から取り出したり、またなかに入れたりすることだけしかしなかったんですのよ」

「で、その指とかいうものに輝きはありましたか？」と、ガラスボトルの破片は聞きました。

「輝きですって！　とんでもない！　自惚れしかないわ！　彼らは五人兄弟なんですけど、生まれながらにして指なのよ。そして、お互いに背比べをしているのよ。背の高さがみんな違うっていうのに」

この物語は、人間のパロディーです。他人とかかわる私たち自身を表現しているのです。棒切れは棒切れのことしか考えません。新聞はのさばり、ワラは自分が価値のあるものであると思っています。かがり針とガラスボトルが互いに本当の姿を知らないところも、社会的な傲慢を描く作品にふさわしいと言えます。しかし、彼らはお互いの言うことを信じ、お互いを受け入れています。

ユーモアは、もともとあるものを調整するのではなく、自分で自分を大した者、常に人より上の者、そしてとくに他者より良い者だと信じている者に対して使われるのです。

『ペンとインク壺』では、ペンとインク壺が何かを書いてつくり上げるとき、どちらがより意味のあるものであるか、どちらが主役であるかを争ってケンカをしました。どちらとも、日が暮れるまでお互いを罵って過ごしました。

「なんだよ、インク入れのくせに！」とペンが言い、「自分こそ、ただの字書き棒だろ！」とインク壺も言い返しました。こうして、二人ともそれぞれうまい罵りをしたつもりでいました。そうすると、気持ちがすっきりしてよく眠れるのです。

『ブタの貯金箱』の貯金箱は、子ども部屋のタンスの一番上に置かれています。彼は、自分にたくさんのお金が詰められていて、そのお金ですべてのおもちゃを買うことができると知っていました。これは、はっきり自覚をもつということです。

このように、アンデルセンはユーモアを使うことによって単なる自覚を強調しようとしたわけではなく、「偽りの自覚」を強調しようとしました。偽りの自覚とは、自分のことを「良識をもった者」だと自負することです。

また、ユーモアは、自分を特別に思っていたり、周囲よりも優れていると思っている者だけでなく、他者を評価しない者も狙っています。そして、他人とかかわりをもたないような人は、たとえば何か特別なものをもつ変わり者とか、自分の家に閉じこもり、価値のない世界とかかわりをもたない者としてユーモラスに描かれるのです。

他者の目に、大した者として映るのは簡単です。常に他者と自分を比較したがるような者や社会的地位をもっている者は、本当は大した者ではないけれど、他者にとっては大した者に映ってしまいがちです。日常的な風景を描いた物語の一つである『あの女はろくでなし』に出てくる市の執行官は、そのよい例と言えるでしょう。

トロルの鏡の破片が目に入ってしまった執行官は、良くないものばかりが見えてしまうようになりました。

トロルの鏡は良いものを笑い、良くないものを映し出します。

執行官が、開いた窓の横に立っていました。ワイシャツを着て、胸にはブローチをつけていました。ひげは、特別丁寧に剃ってありました。その際、少し顔を切ってしまいましたが、そこには新聞の切れ端をあてておきました。

トロルの鏡の破片が入っている執行官の目には、洗濯女とその息子が映っています。彼はひげを剃り、ワイシャツに身を包んでブローチをつけています。そして、彼は自分が鏡に良く映っていると思っていました。鏡に映った顔は自信に満ちています。

ここで注意しなければいけないのは、彼がこのひげ剃りを自分でやったという点です。彼には、自分のために働いてくれる使用人がいて、床屋に行くことだってできたのです。しかし、彼は自分で特別丁寧にひげを剃りました。彼がしなければならないのはひげ剃りだけではなく、すべてです。彼は社会的地位も築き、キャリアもあり、出世を果たした男です。しかし、彼の大きな成功のなかにも一つだけ汚点がありました。それは、ちょっと顔を切ってしまったことでした。

人は、上手にやってのけてこそ自力でやったと言えるでしょう。この言葉には、皮肉、それとも満足のどちらが込められているのでしょうか？　それは、やった本人のみぞ知ることです。すべては本人の責任です。そして、彼はまだすべてがうまくいくわけではないということに気づいていません。

彼は、洗濯女の息子が気になっています。なぜ気になるのかはわかりません。しかし、少年はそんな彼を恐れています。

少年は、まるで王様の前に立ったようにうやうやしく立っています。

「お前はいい子だ！」と、執行官は言いました。

「お前は礼儀正しい！　お前の母親は小川で服を洗っているな！　だが、そのポケットに入っているものに手を出してはいけないよ。お前の母親はろくでなしなんだぞ！　ポケットにはどのくらいの量の酒を持っているんだ？」

「一パイント(4)の半分です」と、少年は怯えて軟弱な声で答えました。

（4）（pint）液量単位。英国では0.57リットル、アメリカでは0.47リットル。

「あの女は今朝も同じだけ飲んだじゃないか！」と、男は続けました。
「いいえ、それは昨日です！」と、少年は答えました。
「半分を二回飲めば一パイントになる！　あの女はろくでなしだ！　あの階層の人間は悲しいな！　恥を知れと母親に伝えろ！　お前は酒飲みになってはならんぞ、とはいっても、恐らくそうなるだろうがな。かわいそうなやつめ、行きなさい！」

尊敬というものを知っている少年は抗議をしました。母親が半パイントのお酒を飲んだのは今朝ではないのです、と。お酒を飲んだのは昨日なのです、と。どうして彼は執行官に歯向かったのでしょうか？　少年は、自分のことを守ろうとして言ったのではありません。少年はこの男に挑む気なんてありません。しかし、母親のことはどうしても守らなければならないと思ったのです。だから彼は、今朝というのは本当ではないと言ったのです。

執行官は少年に、「私の言ったことに口答えをするんじゃない！　私が今朝と言えばそれは今朝なんだ」とは言いませんでした。彼は、それ以上にひどいことをしたのです。彼は少年を無視したのです。彼は、自分と少年のどちらが正しいかは言わず、二つの半分を合わせれば一つになるのだと言っただけでした。

こういうふうに言われると反論ができません。彼が言っていることに間違いはないのです。しかも、母親のアルコールの消費ばかりを強調しています。執行官は自分のやり方で計算したのです。彼は、少年の純真さや母親に関係なく計算をしました。計算をしたのは彼なのです。たとえそれが違っていても指摘する術《すべ》がありません。答えを出したのは彼なのですから。

「あの女はろくでなしだ！」と、執行官は少年に言いました。そして、さらにひどいことを言いました。

「あの階層の人間は悲しいな」

悲しいとは、「悲しまれる」という意味ではありません。執行官は哀れみなどもっていないのですから。この「悲しい」は、「卑しい」、「軽蔑すべき」という意味なのです。だから少年は、母親に「恥じるべきだ」と伝えなければならなかったのです。

少年は、目が見えないわけでも耳が聞こえないわけでもありません。彼はただ、内気で無口な少年でした。彼も、自分の母親の悪口を言う者は許せないと反論すべきだったかもしれません。しかし、執行官は少年に母親の恥を知らせるように仕向けたのです。彼は、あの女のように酒飲みになってはいけないと言ったあとで、こう付け加えています。

「お前は酒飲みになってはならんぞ、とはいっても、恐らくなるだろうがな。かわいそうなやつめ、行きなさい！」

「かわいそうなやつめ」という言葉は、同情以外の何ものでもありません。しかしこれは、お前はかわいそうだという意味ではないのです。それを通り越して「絶望」の意味を含んでいます。母親がろくでなしならば、息子もそうなるしかないという意味です。

執行官が今日傷つけたものは、これで二つになりました。一つ目はひげを剃ったときに傷つけた頬、二つ目は他人の心です。そして、その心の傷は表面の傷ではなく、深い取り返しのつかない傷です。

もし、この物語をよく覚えていないという人がいるなら、それはその人が、物語のなかで強く主張されている現実を描写した詳細を忘れてしまったからでしょう。つまり、執行官の頬に貼られた新聞の切れ端、執行官の前でうやうやしく取られた少年の帽子です。

アンデルセンは、ただ帽子というだけでは満足せず、はっきりと描写しました。

その帽子のつばは折れ曲がっているので、簡単にポケットに押し込むことができました。

母親についての文章も、ただ小川で洗濯しているというだけではなく、彼女の仕事場や仕事道具についても細かく描写しています。

母親は水のなかに立って、たたき棒で重い布をたたいていました。すると、水車場の水門が引き上げられ、水の流れが激しくなりました。そのため布が流されそうになり、洗濯台も引き倒されそうになりました。洗濯女は、流れに逆らって立っていなければなりませんでした。

決して、小川に立っている彼女が目立ったのではありません。彼女の人間ばなれした仕事のやり方が目につくのです。彼女は小川に立つことで生計を立てないといけないため、水車が回っているときの流れの強い小川にも入らなければならないのです。片手でものが流されないように押さえ、もう片方で重い布を洗うのです。

もう少し物語がすすんでいくと、彼女は病気になってしまいます。彼女の友達である「パーマのハルテ・マーレン」（パーマのかかった髪が彼女の片目を隠していたので、こう呼ばれていた）は、小川の洗濯物を取ってきてくれます。

彼女は洗うのは下手ですが、善意で濡れた洗濯物を岸に上げてカゴに入れてくれました。

どうして、母親は体を壊してしまうほどの大変な仕事をしているのでしょう。自分の息子のために、仕事に縛られ必死で働かなければならないということはわかります。しかし、仕事というのは秩序を守ってなされるべきです。母親がする仕事と、執行官が自分でする仕事は違いますが、客観的に見ると、彼女は自分の力以上のことをしています。彼女の友達の洗い方と比較しても、彼女の仕事はほぼ完璧です。

母親が病気になると、マーレンは彼女を家の布団まで連れていかなければなりませんでした。マーレンは執行官の使用人でした。彼女は執行官が少年に言ったことを聞くと、次のように執行官と母親の飲み方を比較しました。

「息子に母親が飲むお酒の量のことを言うなんてまったくだわ！　彼なんて、食事会のときにはワインをボトルで飲むのよ！　それも上質で強いお酒、それを大量に飲むのよ！　でも、それを見ても人は彼を飲んだくれとは言わないわ！　ろくでなしなのは彼らのほうよ！」

執行官は、布団に運ばれた洗濯女を見て、うなずきながら窓辺からお客に説明をしました。

「彼女は洗濯女でな、酒を飲みすぎるのですよ！　ろくでなしなのです！　あのかわいい息子にはかわいそうなことです。私は、子どもにはやさしく接しようと思っているのですがね」

物語のなかには、「死んだアングル」と呼びたい部分があります。つまり、物語に出てくる人物がわかっていなかったり、理解していないことがあるということです。洗濯女は少年がベッドに入ったあと、友達に困難で恐ろしい人生、不幸な愛の物語、胸の張り裂けるような時代について語ります。この洗濯女が友達に寄せる信頼はまさに死んだアングルです。私のように物語を読んでいる者にとっては、床についた少年が、母親が友達に話している内容を聞いているのか、それともぐっすり寝ているのかわかりません。

男の子は寝床に入りました。それは、母親の寝ているベッドと同じでした。そして、青や赤のひもで縫い合わせた古い毛布にくるまりました。母親が言います。

「この子が寝ついたら何もかもお話しします。おや、もう眠ってしまったみたいね。なんて無邪気な愛らしい寝顔なのかしら。この子は、私がどんなに苦労しているか知らないのです」

そして、彼女の語りがはじまります。少年は、寝ているように見せかけていたのでしょうか？　そして、じっと彼女の言葉を聞いていたのでしょうか？

もう一つの「死んだアングル」は、洗濯女が若いころにお世話になっていた女主人をやさしくて良い人だと信じていたことです。彼女は女主人について、良いことしか言いませんでした。しかし、私たちは、女主人がどんなにずる賢かったかを知っていますよね。洗濯女は、昔、執行官の両親のもとで働いていました。そこで彼女は、執行官の弟の学生と恋に落ちたのです。彼女の友達のマーレンは、必死で働いている洗濯女に執行官のお屋敷で大きなパーティーがあると話しました。立派な食事会です。しかし、それは彼女にショックを与える内容でした。

「今日も、執行官のところでお昼にパーティーがあるらしいの。本当は取り消さなくてはいけないんだけれど、もう遅すぎるわよね。お料理だってできてしまっているしね。というのもね、さっき使用人に聞いたんだけど、一時間くらい前にコペンハーゲンにいらっしゃる執行官の弟さんが亡くなったという知らせの手紙が来たんですって」

「えっ！　亡くなった？」と、洗濯女は叫びました。彼女の顔は死んだように真っ青になりました。

「そんなにびっくりしなくても。あぁ、あなたはお屋敷で働いていたときから彼のことは知っていたんですものね」と、友達は言いました。

「彼が亡くなった？　彼は最高の方でした。一番、神のお恵みがある方でした。彼のような方はめったにいませんわ。神様だって、あんな方はそうご存じないでしょう」

そう言うと、彼女の頬に涙がこぼれました。

この場面から、少年が寝ている間に、大人二人が洗濯女と執行官の弟の関係を話していることがわかります。ここで私が「死んだアングル」と言ったのは、執行官の母親の洗濯女に対する評価を聞いたからです。洗濯女は、女主人に愛を諦めるように説得されました。そして、彼女はそう説得されたことに対して感謝すらしているのです。

「私は、あのお屋敷の執行官のご両親のもとで働いていました。ある日、一番若い息子さんが外から戻ってこられました。彼は学生さんでした。あの当時は私も若くて、おてんばで、おろかでしたけど、本当に真面目に働いていました。これは、神の顔を見ても言うことができます！」と、彼女は言いました。

「学生さんは陽気な方でした。そして、幸せな方でした。血のしずくまでもがきれいで、良い方でした。あんなに良い方はどこを探してもいないでしょう。彼はこのお屋敷の息子さ

ホルケンハウン（Holckenhavn）のお屋敷
（写真提供：大塚勝弘）

んで、私はただの使用人でしたが、私たちは恋人同士になりました。本当にお互いを大切に思っていれば、一回のキスは罪ではないでしょう。そして、彼はそのことをお母さま、つまり奥様に告げました。彼にとって奥様とは、この世の神のような存在だったのです。奥様は、賢くて、愛情深く、お優しい方でした。彼は出発するとき、私の指に金の指輪をはめていかれました。彼が行ってしまうと、奥様が私をお呼びになりました。真剣に、しかしやさしく彼女は言いました。それは、まるで神の御言葉のようでした。奥様は私に、彼と私の間には、実際に距離があるとおっしゃいました。

『今は、彼はあなたの美しさを見ているのでしょう。しかし、外見は変わっていきますよ。あなたは、彼のように教育を受けていません。あなたたち二人の精神世界には、お互いの不幸が潜んでいるのですよ。私は、貧乏人を尊敬しています。神は、もしかしたら豊かな者よりも貧しい者を高い位につけるかもしれません。しかしここは、天ではなく現実の世界なの。きちんと前を見て運転しないと、馬車が倒れてしまうようにあなたたちも倒れてしまいますよ！　それで、私はある人をあなたに紹介したいのですが、彼は技術者でエリックという手袋職人です。男やもめで子どもはいませんが、ちゃんと生計も立てているし、考えてみてはいかがかしら？』

　奥様の言葉は一言一言がナイフのように私の心に突き刺さりましたが、奥様の言うことは正しいのです！　そして、それは、私を締め付けて重くのしかかってきました」

彼女の言葉を長々と引用しましたが、これを読んだとき、これがアンデルセンの物語かと一瞬驚いてしまいました。

洗濯女は奥様の、天の上では貧乏人がお金持ちより高い位につけるかもしれないという言葉を信じたのでしょうか？　この言葉は、奥様のトリックだったのでしょうか？　それとも、誠実さから出たものなのでしょうか？　そして、彼女と知力的に差があるのは末の息子だけだったのでしょうか？　もう一人の息子、執行官とも差があったのでしょうか？

わかっている結論は同じです。「彼女はろくでなし」ということです。しかし、それはあくまでも社会的、経済的な視点から見た意見です。では、本当に宗教的視点から見ると、貧乏人はお金持ちよりも上に立っているのでしょうか？　このとても胸を締め付けられる物語は、アンデルセンがこの文章（奥様の言葉）を入れたことで決定的になりました。しかし一方で、この奥様の言葉は脅しととらえることもできます。なぜなら、奥様には洗濯女に信頼される必要は一つもないのです。そして、よく読んでみると、奥様の言っていることがウソにも思えてきます。奥様は、彼ら二人の関係が悪いだとか間違っているとは言っていません。ただ、「不幸になりますよ」と言っているだけです。これは、二人がやり直したとしても結局はだめになるという意味です。

この奥様の台詞には、聞き手が止まって自分の心に問いかけなくてはならない重要なことがあります。それは、奥様は宗教的視点から見て正しいのか間違っているのか、彼女を説得したものの、奥様は自分で言ったことを信じているのか、それとも自分では気づかないところで信じていたことが彼女を説得させたのか、もしくは彼女にとっては単なるゲームだったのかということです。

ごまかすという点では、奥様よりも先ほどの執行官のほうが正直でした。ニーチェ(5)もキリスト教世界では、まさしく貧困、弱者、無力なものが、豊かで、強い、独立独行の上に置かれていたと言っています。

執行官は、人間の能力を、福音書における価値の再評価ではなく超人主義で測りました。つまり、強くて豊かな者が上に立ち、「悲しい階級」の者が下にいるということです。しかし、この考えは子どもたちの心を壊す腐ったものです。

読み手は自分自身で、執行官のような考え方と奥様の言ったこと（実際、彼女がそれを信じていたかどうかはわかりませんが）の間には大きな距離があるということを理解しなければなりません。私はそう思いますし、信じています。私は、物語の中心に置かれたすべての価値の再評価が物語の終わりを決定づけていると思っています。

このように解釈していくと、一つの危険な表現にぶつかります。「彼にとって奥様とは、この世の神のような存在だったのです」という台詞は、つまり奥様が息子の創造を決めたということです。そして、奥様がこの世の神ならば、神が洗濯女の畏怖を述べたことになります。奥様は、彼女に「神のように」話しました。これは、すばらし

（5）Fridrich Wilhelm Nietzsche（1844〜1900）ドイツの哲学者。「神は死んだ」として、ヨーロッパ文明・キリスト教への批判を深め、永劫回帰・力への意志の世界においてニヒリズムを克服し、「超人」として生きることを主張した。

く純粋な表現です。しかし、この場面からはあらゆる危険なサインと不安なサインが漂ってきます。そして、そのサインは洗濯女からではなく語り手から漂ってくるのです。物語の最後にも「死んだアングル」が出てきます。

「彼は、私のことを覚えていないでしょう。そして、もし彼が私を見たとしても、ひどく汚いので私だとわかるわけがありません。だから、いいのです」

この諦めの表現、「だから、いいのです」というのには賛成しかねます。洗濯女は、学生が自分たち夫婦と子どものために六〇〇リクスダラーを贈ってくれていたにもかかわらず、彼は自分のことを忘れていると思っていました。

しばらくして、洗濯女は亡くなりました。少年は執行官に呼ばれました。これから先は、執行官が彼を養うことになったのです。

アンデルセンは、執行官に私たちが見てきた物語の出来事すべてを一言に要約させることで見せ場をつくりました。その一言とは「いきさつ」です。

「弟とあの洗濯女の間には、何らかのいきさつがあったようだ！　しかし、女が亡くなってよかったのかもしれんな」と、執行官は言いました。

そして、まもなく物語は終わります。最後のお墓の場面は有名です。少年はマーレンに、自分の母親がろくでなしだったというのは本当かと尋ねました。お墓の前で語った彼女の言葉はこうでした。

「いいえ、あなたの母親は本当によく生きたわ！」と彼女は言って、天を仰ぎました。「私は、彼女が良い人だったことはずっと前から、そして昨晩も知っているわ。私は、自信をもって彼女は頑張っていたと言えるわ！　天国の神様も、きっとそうおっしゃるにちがいないわ。ろくでなしとでも何でも、世間の人には勝手に言わせておきなさい」

この台詞は、すべての価値の再評価です。しかし、この再評価もまた、ある再評価に興味をもっている「ろくでなし」が言ったことです。

奥様がそれとなく言及した天と地、そしてマーレンの再評価の違いとは何でしょう？　もし、洗濯女が死んだアングルから何年もあとに奥様の言葉を再現したら、そのとき彼女からは純粋以外のものが出てくるのでしょうか？　はたして奥様は、洗濯女を人間として尊敬していたのでしょうか？

少年が受けた心の痛みは、代償として必ず払われるでしょう。彼が九〇歳になったとき、語り手や聞き手がその意向を疑うようなあの執行官の言葉を少年自身が繰り返すことはないでしょう。執行官の言葉は一つの意味しかもっていません。

しかし、語り手の強みは、宗教的なものについてのみの問題を残さないことです。宗教的なものとは、天の神による人間の評価です。しかし、もっと強く残るものがあります。それは、執行官やマーレンの言葉と、行為の道徳、不道徳に関する問題です。つまり、彼らの言葉や行為と道徳が、すべての価値を再評価する宗教とどのように関係しているのかという問題です。

トロルの鏡に映った洗濯女はろくでなしです。しかし、天の鏡に映る彼女は無限の価値を秘めています。物語を読んでいる誰もが、執行官の映る鏡がトロルの鏡であることを疑わないでしょう。物語にはトロルの鏡は出てきますが、天の鏡は出てきません。だからといって、逆に、天の鏡だけが出てきても誰も満足しないでしょう。

グルントヴィ(6)は、人間を「地上にある天の鏡」と呼んでいました。つまり、人間が他人の愛情や神様の愛情、または人間の気高さや美しさを映し出す鏡なのです。

「さぁ、この鏡を見てください。顔と顔を見合わせると少しわかるでしょう。しかし、自分自身のように相手を知るには相手のすべてを知らなければなりません」

(6) 50ページの注(7)を参照。

この物語は、どんなお話よりもよく描かれています。つまり、愛の賛美歌のなかにあるのです。

執行官は、洗濯女を知っていると言っていました。しかし、物語を読んでいくと、彼は彼女のある一面しか知らなかったことがわかります。私たちが知っていることも知らないこともほんの一部のことで、それは鏡のようなものを見ているにすぎないのです。唯一はっきりしていることは、私たちがトロルと天の鏡のどちらを見ているかということです。

アンデルセンは、あらゆるところでユーモア（おそらく、デンマークらしいユーモア）を出しています。それは、人間に対する軽蔑的なメッセージでもあります。たとえば、『オーレ・ロックオイエ』(7)のなかで、七面鳥のオスがコウノトリをバカにしています。なぜなら、コウノトリは長い足をもっていて、七面鳥とは見た目が違うからです。「二フィートおいくらです?」という発言を覚えていますか。七面鳥はこう言って、コウノトリをバカにして笑っていたのです。しかし、「コウノトリは何も聞こえないふりをしました」。

また、インコは、自分を印象づけるという見せかけのやり方でユーモアを使っています。それには多くの意味があります。インコがカナリヤに言います。

（7）93〜110ページを参照。

「なにか笑えることを言ってください。笑いは、高い知能のしるしなのですよ。ほら、人間をごらんなさい。笑うことは人間だけに与えられたものなのです。ハッハッハッ！」とインコは笑って、こう自分の冗談を付け加えました。

「人間になりましょうよ」

（**『幸福の長靴、五番目の話』**より）

訳者あとがき

これまで子ども向けの児童書として認識されてきたアンデルセンの物語ですが、本書をお読みになったみなさんはどのような感想をおもちになりましたか。ちなみに、私が初めて本書の原書を読んだときには、アンデルセンの物語に含まれている多義性に驚きました。

アンデルセンの物語を初めて聞いたのはいつだったでしょうか。みなさんもそうであったと思いますが、私自身も幼いころに父母から読み聞かせてもらったのが最初と記憶していま す。ただ、そのころはもちろん物語だけに耳を傾けていて、作者であるアンデルセンという人物に対しては何ら興味を抱きませんでした。しかし、高校に入学してデンマークへ留学する機会を得て行った先が、何とアンデルセンの生誕地であるオーデンセのあるフュン島だったのです。そしてそのときから、アンデルセンについて詳しく調べだしたのです。

一九九八年から一九九九年にわたる留学の間お世話になったファミリーは典型的な田舎家で、わら葺き屋根のお宅でした。まさにアンデルセンが描いた庶民の家といった感じで、一目で気に入りました。オーデンセにも何度となく足を運び、青空に映える黄色やオレンジの可愛らしい家々を見て、これならあのアンデルセンの物語も生まれるだろうなと感じた次第です。それ以後、数回にわたってデンマークを訪れる機会に恵まれ、そのときに撮った写真を本書にも掲載しました。少しは、旅を愛したアンデルセンの旅情感に浸っていただけたのではないかと思います。

ところで、みなさんが知っているアンデルセンの物語はいくつありましたか？　本書で表されたような形でさまざまな物語に触れてみると、あの可愛らしい街に一人佇むアンデルセン少年、自分の才能を試すために一四歳で単身コペンハーゲンにわたり、努力と運で栄光を手に入れていったアンデルセン、報われない恋に思い悩んだアンデルセン、多くの賞賛を浴びながらも、それに自惚れることなく日々の幸せを感じていたアンデルセン、常に孤独と向き合ってきたアンデルセン……と、たくさんのアンデルセンに出会ったのではないでしょうか。

よく言われるように、アンデルセンの物語は彼自身の人生の投影でもあります。だからこそ、子どもだけではなく大人の気持ちにも訴える描写となっているのです。『人魚姫』の物語を聴いた子どもが思わず口にする「かわいそう」と、すでに報われない恋を経験してきた大人が感じる「かわいそう」には大きな違いがあります。大人の感じ方には、より深みと重みが加わるでしょう。

とはいえ、アンデルセンの物語はどこにでもありそうな人生を描いた作品でないことはおわかりかと思います。著者のヨハネス・ミュレヘーヴェ氏が細かく分析しているように、アンデルセンはその場面を頭のなかで容易に想像できるような表現を用いています。そして、それが語られる場、言葉の抑揚、身振り手振りによってさまざまな表情を見せてくれるのです。ミュレへーヴェ氏はデンマークを代表する作家であり、牧師であり、彼の講演会にはたくさんの人々が押し寄せるほどの人気を博しています。私も二〇〇四年秋にデンマークを訪れた際、彼の講演を聴く機械に恵まれました。彼の頭のなかには溢れるほどの言葉がつまっているようで、私たち聴衆を大笑いさせたかと思えばとても真剣な顔になって語ってきます。知識に裏付けられたその話術に、思わず魅了されてしまいました。そんなミュレへーヴェ氏の魅力がたっぷりつまった本書もまた、講演会の様子を彷彿させています。きっとみなさんも、彼が織り成すアンデルセンの世界に惹き込まれたことでしょう。

今回、初めての翻訳出版という作業をするにあたり、少しでも読者のみなさんに理解を深めていただこうと思い、著者にも問い合わせたりして多くのことについて調べ、訳者の註として下段に表記させていただきましたが、先程も述べましたように著者の知識量の多さにはとても追いつけず、調べがつかなかったところ、および思わぬ誤りがあるかもしれません。もちろん、すべて訳者の責任です。読者のみなさまからのご叱正を請う次第です。

また、今回の訳出にあたりましては、巻末に掲載しましたようにさまざまな本および資料を参照させていただきました。とくに、アンデルセンの物語については、大畑末吉氏が訳された『完訳　アンデルセン童話集（一）〜（七）』（岩波書店、一九八四年）を参照させていただきました。本文内では物語からの一部にかぎった引用が多いためにそのほとんどが私の訳となっておりますが、『人魚姫』のように日本人にとってポピュラーな物語に関しては大畑氏の訳を一部引用させていただきました。この場を借りて御礼申し上げます。

そして、キルケゴールに関するところにおいては「キェルケゴール協会」の藤枝真さんのお力添えをいただきました。誠に感謝しております。また、本文の上部にハットとステッキの絵をつけたいという私の勝手なお願いを快く引き受けて下さった日暮恵理さんにも感謝致します。

最後になりましたが、多大なるご協力をいただき、邦訳の機会をいただいたスカンジナビア政府観光局とデンマーク大使館のスタッフのみなさんに心より御礼申し上げます。また、私の拙い翻訳を最後まで諦めずに手助けして下さったスカンジナビア政府観光局の今村渚さんと株式会社新評論の武市一幸さんに、改めて心より感謝を申し上げます。本当にありがとうございました。

本書が、幼いころに読み聞かせてもらったアンデルセンの物語を再び本棚の奥から出していただくきっかけとなることを願って筆を置きます。

二〇〇五年　一月七日

大塚　絢子

主な童話作品の出版	外国旅行
『三つの童話と物語新集：ティーポット (Teepotten)、ニッセと奥さん (Nisse og Madamen)、パイターとピーターとペーア (Peiter, Peter og Peer)』	ドイツ、オランダ、ベルギー、フランス、スイス
	ドイツ、スイス、フランス
	フランス、ドイツ
	スウェーデン、ノルウェー
『童話と物語の新集Ⅲ-1：ろうそく (Lysene)、週の日 (Ugedagene)、家族全員が言ったこと (Hvad hele familien sagde)、誰が一番幸せだったか (Hvem var den Lykkeligste?)』 『童話と物語の新集Ⅲ-2：歯痛おばさん (Tante Tandpine)、玄関の鍵 (Portnøglen)』	ドイツ・オーストリア・イタリア
	ドイツ、スイス、イタリア
『童話と物語Ⅴ：ノミと教授 (Loppen og Professoren)』	

年	齢	主な歴史背景	アンデルセンにまつわる主な出来事
1868	63		
1869	64		
1870	65	「連合左翼党」が結成される。	
1871	66	・ルイ・ピーオ（Louis Pio）により『社会主義者』が発行される。 ・ゲオ・ブランデスが市民自由主義をヨーロッパと相対化させて論じた「19世紀文学主潮」を講演。これを機に、文化的・政治的新時代が到来を告げたと言われている。 ・「デンマーク女性協会」が設立される。	
1872	67	・コペンハーゲン共有牧場で行われていたレンガ職人のストライキ支援集会が弾圧され、社会主義者のピーオらが逮捕される。 ・連合左翼党が下院にて過半数の議席を獲得する。	
1873	68		
1874	69	アイスランドが独自の地位を確立する。	デンマーク国王より枢密顧問官の称号を授かる。
1875	70	スカンジナビア貨幣同盟が成立し、金本位制となり、単位がクローネとなる。	8月4日11時5分、アンデルセン没。国葬をもって葬られる。

＊　巻末に記載した参考文献などを参照して作成。

	主な童話作品の出版	外国旅行
	『童話と物語の新集Ⅰ-1：ソーセージの串で作ったスープ（Suppe på en pølsepind）、独り者のナイトキャップ（Pebersvendens nathue）、何か（Noget）、年老いたオークの最後の夢（Det gamle Egetræes）、ボトルネック（Flaskehalsen）』 『童話と物語の新集Ⅰ-2：沼王の娘（Dynd-Kongens Datter）、鎖の縁（Klokkedybet）』	ドイツ、スイス
	『童話と物語Ⅰ：パンを踏んだ娘（Pigen som trådte på brødet）、ペンとインク壺（Pen og Blaekhuus）、美しい！（Dejilig!）』	ドイツ、スイス
	『童話と物語の新集Ⅱ-1：賢者の石（De vises sten）、コガネムシ（Skarnbassen）、お父さんのすることはいつも正しい（Hvad fatter gør er altid det rigtige）、雪だるま（Snemaden）』 『童話と物語の新集Ⅱ-2：チョウ（Sommerfuglen）、氷姫（Iisjomfruen）』	ドイツ、スイス、フランス、イタリア
		ドイツ、スイス、フランス、スペイン、アルジェリア
		フランス、ドイツ
	『童話と物語の新集Ⅱ-3：嵐のお話（Stormen flytter skilt）、銀貨（Sølvskillingen）、鬼火が町にと沼のばあさんそう言った（Lygtemændene er i byen, sagde Mosekonen）、金の宝物（Guld skat）』	スウェーデン
	『童話と物語の新集Ⅱ-4：おばさん（Moster）、ヒキガエル（Skrubtudsen）』	ドイツ、オランダ、ベルギー、フランス、スペイン、ポルトガル
		ドイツ、フランス、スイス

年	齢	主な歴史背景	アンデルセンにまつわる主な出来事
1858	53		デンマーク国王より勲章を授かる。
1859	54		
1860	55		国から交付される年金が1,000リクスダラーに増額される。
1861	56		
1862	57		
1863	58	・フレデリック（Frederik）Ⅷが憲法案に署名しないまま死去。 ・次に即位したクリスチャン（Christian）Ⅸが憲法案に署名。	
1864	59	1863年の憲法案署名をめぐり、デンマークはプロシア・オーストリア連合軍と交戦。第二次スレースヴィ戦争が開始する。結局、デンマークはこの戦争に敗れ、ウィーン講和によりスレースヴィ公領以南を失う。	
1865	60		
1866	61	・北部スレースヴィのデンマーク復帰を唱える条約が制定される。 ・戦争で荒れてしまったデンマークを復活させようと「デンマーク・ヒース協会」が設立される。	
1867	62		・デンマーク国王の王室顧問官の称号を授かる。 ・オーデンセの名誉市民となり、市役所で大祝賀会。

主な童話作品の出版	外国旅行
『新童話集Ⅰ-3：妖精の丘（Elverhøj）、赤い靴（De røde sko）、ヒツジ飼いの娘とエントツ掃除屋さん（Hyrdinden og skorsteens-feieren）』（英語、ドイツ語、ロシア語に翻訳される）	ドイツ
	ドイツ、オーストリア、イタリア、フランス、スイス
『新童話集Ⅱ-1：古い街灯（Den gamle Gadeløgte）、お隣さん（Nabofamilierne）、影法師（Skyggen）、かがり針（Stoppe-nålen）』	ドイツ、オランダ、イギリス
『新童話集Ⅱ-2：古い家（Det gamle hus）、幸せな一家（Den lykkelige familie）、あるお母さんのお話（Historien om en moder）、カラー（Flipperne）、マッチ売りの少女（Den lille Pige med Svovlstikkerne）、水のしずく（Vanddråben）』	
	スウェーデン
物語集『亜麻（Hørren）』『幸福の長靴（Lyk-kens kalosker）』	
	ドイツ
『物語集Ⅰ：最後の日に（Aarets Historie）、上きげん（Et godt humør）』 『物語集Ⅱ：心からの悲しみ（Hjertesorg）、すべてのものを正しい場所に（Alt paa sin rette plads）、食料品店のニッセ（Nissen og spækhøkeren）』	ドイツ、イタリア、スイス
	ドイツ、オーストリア、イタリア
『挿絵入り物語集：五粒のえんどう豆（Fem fra en ærtebælg）、あの女はろくでなし（Hun duede ikke）、二人のむすめ（To jom-fruer）、ブタの貯金箱（Pengegrisen）』	ドイツ、スイス
	ドイツ
『生きるか死ぬか（At være eller ikke være）』	イギリス（ディケンズに招かれる）、ドイツ、フランス、ベルギー

年	齢	主な歴史背景	アンデルセンにまつわる主な出来事
1845	40	コペンハーゲンで絶対王政に抗して、「北欧的部分」の統一を求める「スカンジナビア学生集会」が開かれる。これに対し、最高裁判所弁護士のレーマンは北欧学生たちと「義兄弟の契り」を結ぶ。	
1846	41	レーマン（Orla Lehmann）らと農民が団結し、「農民の友協会」が結成される。	・ジェニー・リンドに失恋。 ・プロシア国王より「勲三等赤鷲勲章」を授かる。
1847	42		イギリスでディケンズ（Charles Dickens）と知り合う。
1848	43	・3月21日にコペンハーゲン市民が王宮まで大行進を行う。それにより絶対王政は終わりを告げる。 ・スレースヴィ・ホルスタイン国境問題をめぐりプロシアとの第一次スレースヴィ戦争がはじまる。	
1849	44	・自由主義憲法が制定される。 ・プロシア軍とのフレデリチアの戦いに勝利し、停戦協定を結ぶ。 ・キルケゴールの『死に至る病』が発表される。	
1850	45	デンマークはプロシアに勝利し、第一次スレースヴィ戦争終息。	
1851	46		年金増額、国王より教授の称号授かる。
1852	47	グリュンスボー公クリスチャンがヨーロッパ列強によって次期デンマーク王になることを決定される。	ジェニー・リンドが他の人と結婚し、再び失恋を味わう。
1853	48		
1854	49	デンマークによるアイスランド交易の独占が終わりをつげる。	
1855	50		
1856	51		
1857	52	・海峡税が廃止される。 ・女性の就労の自由、25歳以上の未婚女性の遺産相続権が認められる。	

主な童話作品の出版	外国旅行
	ドイツ
	ドイツ、フランス、スイス、イタリア
	イタリア、オーストリア、ドイツ
『即興詩人（Improvisatoren）』 『子どものための童話集Ⅰ：火打箱（Fyrtøjet）、小クラウスと大クラウス（Lille Claus og store Claus）、えんどう豆のお姫様（Prinsessen på ærten）、小さいイーダの花（Den lille Idas blomster）』 『子どものための童話集Ⅱ：親指姫（Tommelise）、いたずらっ子（Den uartige drenge）、旅の仲間（Rejsekammeraten）』	
『子どものための童話集Ⅲ：人魚姫（Den lille havfrue）、はだかの王様（Kejserens nye klæder）』	スウェーデン
『子どものための童話新集Ⅰ：しっかり者のすずの兵隊さん（Den standhaftige tinsoldat）、ヒナギク（Gaaseurten）』	
『子どものための童話新集：コウノトリ（Storkene）』 『絵のない絵本（Billedbog uden Billeder）』	スウェーデン
	スウェーデン、ドイツ、オーストリア、イタリア
『子どものための童話新集Ⅲ：オーレ・ロックオイェ（Ole Lukøje）、ブタ飼いの少年（Svinedrengen）』	イタリア、ギリシャ、トルコ、ハンガリー、オーストリア、ボヘミア（現チェコ）、ドイツ
『新童話集：ナイチンゲール（Nattergalen）、恋人たち（Kærestefolkene）、みにくいアヒルの子（Den grimme ælling）』	ドイツ、ベルギー、フランス
『新童話集Ⅰ-2：モミの木（Grantræet）、雪の女王（Snedronningen）』	ドイツ（Caroline Amalie 女王に招かれる）

年	齢	主な歴史背景	アンデルセンにまつわる主な出来事
1829	24		『徒歩の旅（Fodreise）』を自費出版し、500部即完売。
1830	25		初恋の相手、リボー・ボイクト（Riborg Voigt）に出会う。
1831	26		
1832	27		ルイーセ・コリン（Louise Collin）に恋心を抱く。
1833	28		・母没。 ・ルイーセ・コリンに失恋。
1834	29		
1835	30		
1836	31		
1837	32		ソフィー（Sophie Ørsted）に恋をするが、失恋。
1838	33		国から銀貨400リクスダラーの年金が支給される。
1839	34	フレデリックⅥが死去し、クリスチャン（Christian）Ⅷが即位する。	
1840	35		
1841	36		
1842	37		
1843	38	スレースヴィのデンマーク系住民の第一回民族祭典「スカムリンの丘」集会が開かれる。	ジェニー・リンド（Jenny Lind）に出会い、恋に落ちる。
1844	39	・国王による在コペンハーゲン25周年の記念祝賀会が催される。 ・農民啓発のための最初のフォルケ・ホイスコーレがスレースヴィのレディングに創設される。	

	主な童話作品の出版	外国旅行
	『死んだ子ども（Det døende Barn）』	

年	齢	主な歴史背景	アンデルセンにまつわる主な出来事
1814	9	・デンマークはスウェーデン・イギリス・ロシアの同盟軍とキール条約を締結。この条約により、デンマークはスウェーデンへノルウェーを譲渡することになる。 ・国内では「学校法」が成立し、義務教育制度がはじまる。	アンデルセンの父、戦争から帰還。
1815	10		
1816	11		・父没のため、アンデルセンも働きに出される。 ・貧民学校に通う。 ・グルベア(Frederik Høegh-Guldberg)とコンタクトを取ろうとする。
1817	12		
1818	13		母、靴職人のニルス・ヨーアンセン・グンナシュー（Niels Jørgensen Gundersø）と再婚。
1819	14		・アンデルセン堅信礼を受ける。 ・役者になるため、たった13リクスダラーを手にコペンハーゲン(Copenhagen）へ向かう。
1820	15	自由主義を主張する言論人たちが国外へ追放されるという風潮のなか、自由主義のための暴動の必要性を訴えた哲学博士ダンペが逮捕され、終身刑を受けるというダンペ事件が起きる。	アンデルセン、王立劇場バレエ学校に入学。
1821	16		王立劇場合唱団に編入する。
1822	17		・合唱団から除籍される。 ・スレーエルセのラテン語学校第２学年に入学。
1823	18		
1824	19		
1825	20		ラテン語学校の校長メイスリン(Meisling）の家へ移る。
1826	21		・メイスリンとともにヘルシンオア(Helsingør）に引っ越す。 ・『死んだ子ども』を書く。
1827	22		・メイスリン校長の精神的虐待により半病人になる。 ・ヨーナス・コリン(Jonas Colin)の許可を得て、ラテン語学校を中退。その後、コペンハーゲンに引っ越す。
1828	23		コペンハーゲン大学の学生となる。

主な童話作品の出版	外国旅行

■ アンデルセン関連年表

年	齢	主な歴史背景	アンデルセンにまつわる主な出来事
1800		デンマーク・スウェーデン、ロシア・プロシア・オランダとともに第二次武装中立同盟を結成。	
1801		1800年の中立同盟に対し、イギリス軍はコペンハーゲンを攻撃。しかし、開戦の5、6時間後にはデンマーク側が休戦を乞う。	
1802		民族ロマンティシズムが展開し、その影響を大いに受けたエーレンスレーヤがデンマーク最初のロマン主義詩『黄金の角』を発表。これがきっかけで人々は「古き輝かしき一つなる北欧」へ関心をもつようになる。	
1803			
1804			
1805	0		オーデンセ（Odense）にハンス・クリスチャン・アンデルセン（Hans Christian Andersen）誕生。
1806	1		・ホルセドア（Holsedore）に引っ越す。 ・クラーゲーデ（Klaregade）に引っ越す。
1807	2	イギリスとフランスの狭間で揺れていたデンマークに対し、イギリス軍がコペンハーゲンを砲撃。市内は瓦礫と化し、デンマークは降伏する。デンマーク海軍戦艦はイギリスへ持ち去られ、武器を失くしたデンマークはフランスと軍事同盟を結ぶ。	クリンゲンベア（Klingenberg）に引っ越し、1つの家を3家族（12人）でシェアする。
1808	3	フレデリック（Frederik）Ⅵが即位する。	
1809	4		
1810	5		学校へ行きはじめ、読むことを覚える。父による読み聞かせ（ホルベアのコメディ等）がアンデルセンの読解能力を形成していった。
1811	6		
1812	7		・父戦争へ行くが、デンマークは敗退。 ・アンデルセン、オーデンセ・シアターに通いはじめる。
1813	8	国が国家財産の破産を宣言。	

参考文献・ホームページ一覧

大畑末吉『完訳アンデルセン童話集』(1)～(7)岩波書店、一九八四年
キェルケゴール／大谷長訳『キェルケゴール著作全集』(7巻) 創元社、一九八八年
木村由利子監修・文／西森聡写真『旅するアンデルセン』求龍堂、一九九八年
鈴木徹郎『ハンス・クリスチャン・アンデルセン　その虚像と実像』東京書籍、一九七九年
ヘリエ・サイゼリン・ヤコブセン／村井誠人監修、高橋直樹訳『デンマークの歴史』ビネバル出版発行、星雲社発売、一九九五年
百瀬宏・熊野聰・村井誠人編『北欧史』(世界各国史21) 山川出版社、一九九八年
ロラン・バルト／三好郁朗訳『恋愛のディスクール・断章』みすず書房、一九八〇年
ハンス・クリスチャン・アンデルセン二〇〇五(HCA2005)　ホームページ：www.hca2005.com
デンマーク王立図書館ホームページ：www.kb.dk/elib/lit/dan/andersen/eventyr.dsl/

訳者紹介

大塚絢子（おおつか・あやこ）
東京都出身。
中央大学総合政策学部国際政策文化学科（専攻・比較文化）卒業。
現在、一橋大学大学院社会学研究科修士課程在籍。
1998年～99年、国際ロータリークラブ青少年交換学生としてフュン島へ留学。
2001年～02年、オーデンセにある南デンマーク大学で北欧文化学を専攻。

編集協力

今村　渚（いまむら・なぎさ）
広島県出身。
津田塾大学学芸学部英文学科卒業。
現在、スカンジナビア政府観光局に勤務。

アンデルセンの塩

（検印廃止）

2005年2月22日　初版第1版発行

訳　者　大塚絢子
編集協力　今村　渚
発行者　武市一幸

発行所　株式会社　新評論

〒169-0051
東京都新宿区西早稲田3-16-28
http://www.shinhyoron.co.jp

電話　03(3202)7391
FAX　03(3202)5832
振替・00160-1-113487

落丁・乱丁はお取り替えします。
定価はカバーに表示してあります。

印刷　フォレスト
製本　清水製本プラス紙工
装幀　山田英春＋根本貴美枝
写真　スカンジナビア政府観光局
（但し書きのあるものは除く）

Printed in Japan
ISBN4-7948-0653-1 C0098